我適合當人嗎？

黑澤泉水

人間に向いてない　黑澤いづみ

王華懋——譯

目次

第一章 9
第二章 63
第三章 131
第四章 199
終章 267

中午過後，門內傳出奇妙的聲響。

美晴正準備敲門的手就這麼停在空中，耳朵訝異地豎起。

那聲響難以形容，不是「喀喀喀」，也不是「沙沙沙」，是某種堅硬——而且輕盈的東西在搔抓門板的聲響。

那東西似乎像小樹枝一樣脆弱，至多只能滑過表面，既無法刺出洞來，也無法刮出痕跡，僅能持續製造細微的聲響。間隔密集地、執拗地、無止無休地。

美晴驚恐地定在原地，目不轉睛地瞪著門。對她而言，門內是個異空間。是居住了十年以上的家中，唯一無法觸碰的場所。難以掌握的場所。這是她的獨子優一的房間。

裡面是優一的城堡，不論發生任何事都不奇怪。對美晴而言，就是如此無法插手的地方。

沒錯，不管發生任何事都不奇怪——即便是美晴完全無法想像的事。

美晴微微地倒抽一口氣。她只是像平常一樣來叫兒子吃飯而已，卻緊張到近乎異常。她喉嚨乾渴，但還是輕敲門板問：

「小……小優？」

美晴呼喚應該在房間裡的二十二歲兒子。

「吃午飯囉。你猜今天吃什麼？是小優最喜歡的漢堡排喔！趁熱快來吃吧。」

沒有回應。向來如此。美晴正要轉身離開，卻停下了動作。

——嚓嚓、嚓、嚓嚓嚓嚓嚓。

門內奇妙的聲響變大了。比剛才更快速、更熱切地在搔抓著什麼。美晴露出短袖的手臂冒出雞皮疙瘩來。

「……小優？」

難以言喻的不安沉澱在心底。同時最可怕的想像掠過她的腦海。

難道？——她想，卻無法把這個想法斥為荒誕無稽，將之驅離腦中。

平常的話，她來叫兒子吃飯以後，就會下去用餐，等兒子自己下樓。她不會開門。但今天她認為非開門不可。

——嚓嚓。嚓嚓嚓。

聲音持續不斷，聽起來甚至是在拚命，或許是想要引起美晴的注意。

她想，這奇妙聲響的主人，或許是想要離開房間。

「小優，對不起喔，媽媽要開門囉。」

美晴對著門內說，聲音戛然而止。安靜得近乎異常。美晴忍不住摩擦手臂。現在是五月底，外頭陽光燦爛，是初夏典型的大好晴天，她卻感到一陣陰寒。

她稍微做了個深呼吸，抓住門把。慢慢往下扳，輕輕往內推。

「小優……」

首先看到的是緊閉的窗簾。窗簾遮光性極佳，將刺眼的陽光徹底隔絕在外。陰暗的室內比美晴想像的要更整潔。

看到裡面不是亂得可怕的垃圾堆，美晴鬆了一口氣，視線不經意往下移——

映入眼簾的「那東西」令她瞠目結舌，胃裡一陣翻攪，口中發出打嗝般的怪聲，就此啞然失聲。

「那東西」就在她的腳邊。它拚命抬起疑似頭的部分，就像在仰望美晴。

她第一個反應是嫌惡。是在居住空間裡發現「入侵者」的那種嫌惡。具體來說——就是蟲。當人們發現蚊子、蒼蠅、螞蟻，或是蜘蛛這類「異物」，不知何時入侵屋內、肆無忌憚地在家中遊走時，就會情不自禁湧出的那種感覺。

美晴習慣了沒什麼蚊蟲的都市環境，但仍舊無可避免會看到蜘蛛等蟲子，儘管無法任意消滅據說是益蟲的蜘蛛，但嫌惡與害怕，總是讓她無法克制盡快將牠們驅離的念頭。

——不要過來！

對於發現的入侵者，她總是如此迫切地祈禱。而現在，美晴陷在完全相同的感受中。

相較於身體，圓形的頭部顯得有些過大。側面有著複眼，下顎如螞蟻般堅硬。頭部以下就像毛蟲，不同之處應該是那些有如蜈蚣般無數的腳吧。

緊臨頭部下方，胸部伸出兩對細長樹枝般的腳，顯得極不平衡。她可以想像，就是這四隻腳抓門製造出聲響的。此外的腳，都只有胸部這兩對的一半長。

美晴整個人腿軟，當場癱坐在地。結果視線變得跟「那東西」一樣高了。看到「那東西」搖晃著頭上的觸角靠過來，美晴不斷地往後退。

「不要……」

眼前這東西不管怎麼看都是個異形。形態雖然接近蟲，卻有中型犬那麼大，怎麼看都難以說是正常的生命體。

全身發抖的美晴前方，「那東西」正不停地動著下顎。也許是在傾訴著什麼，但美晴不可能理解。

「不要、不要……」

美晴搖著頭，悲痛地大叫。

「我不信……我不要啊啊啊啊啊！」

她的聲音充滿了絕望，不全是為了目睹異形的驚駭。

因為美晴很清楚，眼前這東西就是兒子變成的。

第一章

1

幾年前，世上突然出現了一種駭人聽聞的怪病，會讓人在某天突然變成異形。

第一個病例出現在關東地區某地，但一眨眼就擴散至全國各地，很快地，全日本四十七都道府縣都有病例報告出來。

人類變成異形。這實在教人一時難以置信，但全國各地確實出現了這種宛如噩夢的情形，人們再也無法悠哉地說那只是都市傳說、是幻想了。

前所未見的現象讓社會大眾陷入恐慌。為了安撫驚慌失措的民眾，政府必須為這種現象訂定名稱，並盡速採取應變措施。最後這種現象被認定為一種惡疾，命名為「異形性突變症候群」——Mutant Syndrome。

奇妙的是，將現象予以分類、命名後，民眾便安心了一些。但不是給個名字就結束了。如果這是一種病，就必須找出治療方法。

然而這並不是一蹴可幾的事。政府所知道的只有這種病不會傳染、症狀並非暫時性的，以及病患集中在某個特定的年齡層。

在這個少子化的時代，年輕人的疾病形同攸關國家未來的重大問題。然而神祕的是，對眾多社會人士來說，他們完全不必擔心染上這種怪病。因為異形性突變症候群肆虐的對象，只有年輕人裡面所謂「繭居族」、「尼特族」等族群。

國家勞動力不會受到立即性的嚴重打擊。對政府來說，這實在是不幸中的大幸。以長遠的目光來看，這當然是嚴重的問題，但感覺暫時不會有太大的影響。

對於這種病，必須長期抗戰。政府做出這樣的結論，不是查明病因、尋找治療方法，而是先從明定病患的處置方式做起。

設立新的制度時，最重要的就是勞力與資金。但若問政府是否有充足的預算和財源來解決這項問題，答案是否定的。事情總有輕重緩急。

一般來說，絕症病患都應該得到妥善的照顧，也應該要被列為一級身障者才對，但異形性突變症候群卻面臨一個巨大的障礙。

也就是這些異形的外形都很可怕。病患會變成奇妙的生物，坦白說，外形醜怪無比。

實際上，不斷有家屬因為這些異形的外貌過於醜惡，放棄照顧。已經出現許多家屬情不自禁地對病患施暴，結果失手殺害的案例。

承受不了罪惡感而自首的加害者，只擔心自己的行為是否構成殺人罪。許多加害者也被鑑定出神經耗弱的情形。

變成異形的病患，肉體會變化為異於人類的生物。對食物的喜好會改變，受傷或生病時，也無法就醫求診。因為消化器官和身體結構都不同了，這也是情非得已的事，但對於照顧的家屬而言，這些異形完全就是負擔。

異形無法說話，也不可能筆談或使用手語交談。變得完全無法溝通的病患，就形同無力飼養的寵物。

若是外表討喜也就罷了，但異形都很可怕。而且在變成異形以前，這些人就已經是家中的累贅了。由於這些背景，許多病患都遭到拋棄。

除此之外，也發生了為保險金而殺害病患的案例，或兜售宣稱有治癒效果的商品詐欺案，引發了各種社會問題。政府在困窘之餘，終於提出了一項政策。

——將「異形性突變症候群」認定為致死性的疾病。

一旦罹患此病，病患就會死亡。不是物理上的死亡，而是身為人類的死亡。自從怪病開始蔓延以來，已經過了幾年，卻沒有任何異形恢復為人的例子。換句話說，此病被視為等同於致命絕症，只是不會被醫生宣判剩下幾年可活而已。

在醫院一旦被診斷為異形性突變症候群，病患當下就會被視為死亡，死因就是這個病名。由於不是真的死亡，因此不會辦喪事，但病患家屬有義務到公所辦理死亡登記。如果沒有辦理，就是違法。

適用保險身故理賠，也可以申請年金喪葬給付。倒不如說，這就是國家給予家屬的唯一補助津貼。並配合各家庭需要，辦理繼承手續等等，這些手續都結束以後，異形便喪失了人權。

變成這種狀態的人稱為「變異者」，此後再也不會被視為人。變異者不受任何義務和權利所束縛，相對地，處境和野生動物沒有兩樣。

——不，野生動物還有法令保護，不能任意獵捕。但變異者不受任何法規保障，在社會上的價值比動物更不如。

……接下來，又有一個被認定罹患「致死率百分之百」怪病的病患，以及他身邊不幸的家屬……

「經上述檢查，完全符合要件。田無太太，很遺憾，妳的兒子得了異形性突變症候群。」

「喔……」美晴不由自主地發出虛脫的回應。她看著淡定說明的醫生，思忖跟被宣告罹癌比起來，哪種狀況比較不幸？

悄悄移動視線望過去，沒辦法坐在椅子上的優一正在地面爬來爬去。它拚命划動兩對長腳和腹部的小腳，緩慢地爬行，在周圍徘徊。

那些無數的短腳仔細一看，外形是人的手指。前端也有指甲，剪得短短的，形狀就和美晴的一樣漂亮。優一就蠕動著這些指頭，在地面爬動。美晴只覺得噁心極了。

「這樣啊，我知道了。」

美晴的丈夫勳夫一臉嚴肅地點點頭。美晴看著丈夫下垂的嘴角和臉上深深的皺紋，不合時宜地感慨：他也老了。

在房間裡發現變成異形的優一以後，美晴好一陣子都無法動彈。但也不能永遠坐在那裡。既然優一變成了異形，就必須帶他上醫院檢查才行。因此美晴儘管心亂如麻，還是先聯絡了勳夫。

要拜託上班的丈夫早退回家，不是件易事。她知道勳夫非常討厭她在上班時間聯絡，但情況緊急，顧不到這些了。

「孩子的爸，不得了了！」
「幹麼？電視壞掉了嗎？還是冰箱故障？我很忙，妳自己想辦法。」
勳夫的口氣明顯很不高興。美晴急忙申辯：
「等一下，不要掛！不是那些，是優一出事了！」
「優一？」
勳夫的聲音更不耐煩了。
「他終於對妳動粗了嗎？還是在外頭鬧出了什麼事？」
勳夫壓低了聲音，免得被旁人聽到，美晴忍不住對著電話搖頭說：
「不是，我像平常那樣去叫他吃飯，結果他……他……」
美晴實在說不出口。即使都親眼目睹了，或許她還是無法接受。或許她想要把它當成一場夢，或是自己眼花看錯了。
「總之，拜託你快點回來！」
美晴懇求，勳夫在電話另一頭大剌剌地嘆氣說：
「莫名其妙。喂，妳以為我可以說早退就早退嗎？下午還有一堆業務，如果要走，得先交辦、調整一堆事情才行。事情真的有那麼急，非要我回去處理不可嗎？」
「如果你不在，我一個人實在……」
「冷靜點，再怎麼嚴重，又不是要死人了。」
「就是要死人了！」

美晴不禁大喊，這似乎讓勳夫終於察覺到事情的嚴重性。

「……好吧，我現在就處理一下，盡快回去，妳冷靜點。叫救護車了嗎？」

「不用救護車。可是你真的快點回來吧，我實在不知道該怎麼辦才好——」

「好啦好啦。」

就這樣——掛電話後過了一小時，再等了一陣子，勳夫總算回家了。聽完美晴的說明，看見優一的模樣，他立刻開車把美晴、優一載去綜合醫院。

「美晴……美晴。」

肩膀被拍了一下，美晴回過神來。她交互看了看蹙眉站在旁邊的勳夫，以及看不出表情的老醫生，急忙站了起來。她向醫生行了個禮，抓起空行李袋。

「小優，我們回家了。」

她打開袋口，從上方罩下去，俐落地將對方包進裡頭。接著迅速拉上拉鍊，但小心不要完全封死，然後將袋子揹到肩上。變成異形的兒子，輕盈得讓美晴可以輕易揹著走。

前往停車場，將不停蠕動的袋子放到後車座。在副駕駛座繫上安全帶，靠上椅背後，美晴失了魂似地望向窗外。

車子往前駛去，景色在眼前流過。風景沒什麼特別稀罕的，但美晴仍然直盯著窗外，看個不停。

「公所開到五點對吧？回程順路過去吧。愈快處理完愈好。」

「……比起那個，孩子的爸，可以先去一下丸六超市嗎？雞蛋沒了，我本來要去買的。」

美晴看也不看動夫。

「其實今天是三八超市的雞蛋特價日，可是這時間八成也已經被搶光了……總之沒有雞蛋，今天晚上就不能做蛋包飯了。」

「孩子的媽。」

動夫神情苦澀。

「不用再做優一喜歡的東西了。」

這話讓美晴慢慢地轉過頭來。

「為什麼？」

「還為什麼……優一已經死了。」

後座的行李袋裡隱約發出身體扭動的聲響。

「小優就在後面，不要講這種話。什麼死了，他不就在這裡嗎？」

「妳夠了沒？醫生都已經開了死亡證明了，也得在七天內去辦死亡登記。接下來有一大堆麻煩的手續要處理。」

「可是……可是這太奇怪了！」

美晴抗拒地雙手摀住了耳朵。她不願意接受動夫的話。

「他明明沒死，為什麼要辦什麼死亡登記！」

「法律這樣規定。」

「為什麼？」

「別問我。要任性也沒用，妳要正視現實。」

「什麼現實？」

「妳兒子優一已經死了。」

「那後座行李袋裡的是什麼？」

前方遇到紅燈。

車子慢慢煞住，勳夫瞥了一眼後照鏡，撇了撇嘴角說：

「只是個噁心的生物。」

他沒有說是「怪物」，或許還算有良心。但現在的美晴沒有餘裕去這樣想。

「那是你兒子啊！——你、你為什麼總是這樣！」

注意到時，車子已經超過丸六超市了。

2

——我一直覺得只是時間的問題。

美晴如此回想。

自從在電視上看到異形性突變症候群的新聞後，她就一直活在恐懼當中，害怕兒子總有一天也會淪為相同下場。

獨子優一是美晴三十二歲時生下的孩子。因為是結婚第六年才好不容易懷上的第一胎，喜悅與期待也分外強烈。她很清楚自己一直很寵溺這個孩子。

優一想要什麼，基本上是有求必應。但是在學才藝和功課方面，美晴也很用心栽培。她希望優一好好用功變聰明，從好大學畢業，進入好公司。身為父母，這應該是很平凡的願望。

然而孩子就是不肯照著父母的心意成長。優一在高中遇上了挫折。不是功課跟不上，而是和班上同學處不好，不肯去學校了。

動夫是個嚴厲的父親。他責罵不想去學校的優一，硬把書包塞進他手裡，把他踢出家門。當時的動夫，動不動就說「再繼續驕縱他，只會讓他變成廢物」。

這樣的情形持續了幾次，某天家裡接到學校聯絡，才知道優一根本沒去上學。出去一找，發現優一竟堂而皇之地穿著制服，窩在上下學路上的咖啡廳消磨時間。

「你是白痴嗎！到底在想什麼！」

優一功課還不錯，但或許其實並不怎麼聰明。他甚至不知道應該要換掉制服，或是躲在上下學路線以外的地點，以某個意義來說，或許是個乖寶寶吧。不過這整件事實在是愚蠢得可笑。

「你聽著，只要出社會，就算不願意，也會遇到一大堆處不來的人。學校也是學習人際關係的地方。要是在這時候半途而廢，以後怎麼有辦法克服？你這個窩囊廢！是男生就給我振作點！」

面對破口大罵的勳夫，優一從頭到尾只是縮得小小的。兒子個性內向，不敢反駁或反擊父親。

「要是養成逃避的習慣，以後遇到困難就沒辦法面對了。只知道逃避討厭的事，又能怎麼樣？要是在公司無故缺勤，馬上就會被開除，你懂嗎？你還是個學生，才能這樣任性。你這種行為，在社會上是不可能被容許的，懂嗎？」

勳夫說的並沒有錯。他的話基本上總是冠冕堂皇，美晴也幾乎都同意。

隔天早上，優一一臉認命地拎著書包出門了。勳夫說要送他去學校，免得他又在路上亂跑，美晴雖然有點擔心，但還是目送兩人出門。

但——優一才走出家門沒幾步，就按住胸口，當場蹲了下去。他呼吸不過來了。後來優一只要準備去上學，身體就會不適，甚至嚴重到在玄關昏倒。從此以後，優一再也沒有去學校了。

「真傷腦筋。休息個一陣子，他就會願意再去學校了嗎？」

然而期盼落空，優一繼續缺課，終於從高中輟學了。

優一完全偏離了美晴設想的康莊大道。她不知道該如何是好，勳夫也一樣束手無策。

「怎麼會變成這樣？」

美晴實在怎麼樣都想不透。她完全不明白在教育方面，自己到底什麼地方做錯了？

「一定是從小太寵他了。他是獨子，可能也是原因之一。居然高中輟學，這像話嗎？太丟臉了。」

動夫打從心底氣憤地說。

美晴並不要求太多。她只希望優一能得到普普通通的幸福，卻怎麼變成了這樣？美晴到現在依然無法理解。

「這樣下去不行呢。最高學歷只到國中……會找不到工作的。那孩子又做不了勞力活，得讓他讀定時制高中或函授學校才行。」

既然無法去學校，若要修課，就只能上函授高中了。美晴這麼想，蒐集了所有函授學校的介紹手冊。

「小優，媽替你查了很多資料，覺得去讀函授高中是最好的。你看，上面說已經修過的學分和就讀年數可以抵扣。小優是在高二的時候輟學的，所以可以從二年級繼續讀。不用去學校也沒關係，很不錯，對吧？」

優一看著美晴，但沒有說話。

「這所學校怎麼樣？有高中同等學力班，還有考大學班，也可以考證照。現在這時代，有證照就安心多了呢。這家學校的話，得實際去上課……可是各方面好像都很完善，媽覺得很不錯。」

美晴努力開朗地說明，優一卻從頭到尾表情陰沉，不發一語。

「媽不會強迫要你進大公司上班，可是還是希望你可以盡量回歸社會。你懂媽的意思吧？你是個聰明的孩子嘛。」

兒子靜靜地垂下頭去，美晴忍不住皺眉。

「為什麼不說話？小優，你有在聽嗎？」

嗯——優一微微點頭，但美晴覺得自己在對牛彈琴。

「我這都是為你好啊！」

美晴這些話，全都是為了兒子的將來、為了兒子的幸福。然而優一卻一副事不關己的樣子，讓美晴不由得無名火起。

我這麼為優一著想，為什麼他可以一副沒事人的樣子？美晴覺得自己完全被辜負了。

「孩子的爸，你也說說他啊！告訴他只有國中學歷會找不到工作，往後吃虧的會是他自己。」

「說了他也聽不進去，說了也是白說。反正他就是個廢物。」

「孩子的爸！」

「我說錯了嗎？」

勳夫漠不關心，就像完全放棄了。這讓美晴很生氣，但又不知道能怎麼說服。

——結果優一沒辦法進函授高中。雖然申請了，但優一怎麼樣就是不肯去面試。不管旁人再怎麼苦勸，如果本人沒有入學的意願，也拿他沒轍。美晴一籌莫展。

「你不要這樣讓媽困擾好嗎？」

即使這樣說，優一也只是怯怯地垂著頭。

「到底該怎麼辦才好？」

即使處在最糟糕的狀況中，美晴仍努力找出所能想到的最好出路，設法重新鋪上軌道，兒子卻一再地違背她的期待。即使逼問他到底想怎麼做，他也不肯好好說清楚。

「妳已經夠努力了。」

美晴承受不了，打電話回娘家訴苦，母親清美安慰她說。

「現代小孩就是太敏感了。我們那個年代，哪有什麼不肯上學的事，光是可以上學，就該謝天謝地了，有好多孩子就算想念書，也沒得念呢。」

「就是說啊。他完全不懂自己有多幸運、活在多幸福的時代。」

美晴說著，指頭無所事事地捲著話筒上的線。

「我已經不知道該怎麼辦了。那孩子根本不聽我們的話。」

說著說著，美晴感到淚水情不自禁地滑過臉頰。

「這樣下去不行，可是我實在不知道該怎麼辦……。他小時候那麼乖、那麼優秀，怎麼會變成現在這種樣子？不該頑固的地方頑固得要命，真不曉得是像到誰……」

背後忽然傳來聲響，美晴拿著話筒回過頭去。沒有人。

「怎麼了？」

「沒事。好像聽到開門的聲音，應該是聽錯了。」

「妳不會在哭吧？……啊，真是的，居然害父母傷心流淚，優一實在太不孝了。」

「就是啊。不應該變成這樣的，我到底是哪裡做錯了？」

美晴發著牢騷說，清美柔聲安撫道：

「別太責怪自己了。妳一點錯也沒有。引導孩子，是做父母的職責，妳已經做得很好了。」

「要是這樣就好了……」

「妳就是太認真了。我反而比較擔心妳會不會病倒。」

「謝謝媽，我自己會保重。」

講完電話，美晴打開客廳連接走廊的門，木板地不知為何留下了水滴。

「這水是什麼？」

美晴訝異地拿抹布擦拭，沉重地嘆息。

——前景一片黑暗……

一想到往後的將來，她的心情沉重得無以復加。

優一雖然是她的兒子，卻像個外星人，完全不懂他在想什麼。拿他沒轍。束手無策。也許就連希望他回歸社會，都是種奢望。美晴開始這麼想。

漸漸地，優一愈來愈少離開自己的房間了。或許是因為勳夫只要看到兒子就會怒罵，又或許是不想聽美晴發牢騷。優一什麼都不說，因此美晴也不知道明確的理由，但顯而易見，優一在避免接觸家人。

但也不是完全避不見面。吃飯的時候，他會從二樓房間下來，坐在餐桌旁一起吃，有時也會在浴室或洗手間看到他。

就像這樣，維持相當非常曖昧模糊的狀態——不知不覺間，美晴和勳夫也都放棄了。美晴不知道勳夫心裡怎麼想，但勳夫後來看到優一也不說什麼了，應該就是放棄了吧。

美晴也懶得對優一說什麼了。儘管依然覺得這樣下去不行，但她更是心灰意懶，認為反正也無可奈何。

就這樣，優一迎接了二十歲。當然也沒去參加成人式，只拍了照片而已。美晴認為這是一輩子的紀念，遲早會需要，所以還是拍了照。

後來又過了兩年，直到今天。歲月似長實短，對美晴來說，就像是一眨眼的事。用應付心態度過的每一天。

她一直覺得總有結束的時候。

繭居族和尼特族的年輕人一個接著一個突變成異形——看到這恐怖的新聞時，美晴全身哆嗦，久久無法平息。

——優一一定也會變成這樣。

液晶螢幕上怵目驚心的異形樣貌讓她戰慄。

兒子本來就像個外星人，如果變成了這種怪物……。美晴光想就害怕不已，這天失眠了。每次去叫不吃早餐睡到中午的兒子吃飯時，她總是懸著一顆心。

今天也沒事。看著無精打采地下樓，默默吃飯的兒子，美晴悄悄地放下心來。

今天也沒事。在內心這麼喃喃告訴自己，成了她的例行公事。

今天也——

終究，最後還是出事了。

3

我回來了——聲音引得美晴抬起頭來。丈夫似乎從公所回來了。見他神態有些疲憊，美晴起身去泡茶慰勞。

「你回來得真快。」

「嗯。公所那邊也很熟悉這些業務了，辦得很順利。」

從醫院回家以後，勳夫說最好今天就把手續都辦好，但美晴說她不想再出門了，兩人商量後，勳夫一個人出門去辦各種手續。

確實，這些事遲早都得處理。美晴明白拖得愈久，就會愈懶得去辦，卻怎麼樣就是提不起勁來，所以才全部交給勳夫。

「接下來呢？」

勳夫坐下來喘了一口氣後，一臉凝重地說。

「什麼接下來？」

「我是說這東西。」

勳夫用下巴努了努縮在客廳角落的優一。

「交給衛生所嗎？還是載去山裡丟了？就是以前把狗載去丟掉的那座山——」

「你在說什麼！不可以！」

「妳該不會想要留下來養吧？」
「你怎麼說這種話？小優是我們的兒子啊！」
「我已經說過了，優一已經死了。」
「不要一直說什麼死！」
看到美晴暴跳如雷的樣子，勳夫傷腦筋地嘆了一口氣，拿起茶杯。
「就算逃避現實也沒用啊。」
啜飲茶水的聲音異樣地刺耳。美晴左右搖晃垂下的頭說：
「我做不到。我沒辦法那樣想。小優太可憐了。」
「有什麼好可憐的？」
勳夫徹頭徹尾地表示嫌惡。
「那又不是人。看就知道了吧？不會說話，也不會用兩隻腳走路。連我們說的話也不知道聽不聽得懂，就是這種東西。跟貓狗沒兩樣——不，貓狗還要可愛多了。」
美晴無法否定，瞥了優一一眼。
「妳要把那種噁心的東西留在家裡？把這個沒有健保、沒半點屁用、只會吃錢的東西留在家裡？」
「不要那樣說！」
「不，我就是要說。我從以前就一直想說，妳太寵優一了。都二十幾歲了，也不工作，只會好吃懶做，妳就供這樣一個大孩子吃住，養在家裡……優一一定很幸福吧，什麼事都不用做，父母自然就會把他照顧得無微不至。他就是個沒吃過苦的米蟲，所以現在報應都來了。」

美晴再次低頭，望向桌上自己的手。手背的皺紋開始變得明顯。美晴也不年輕了。

「我再過兩年就退休了，妳是否仔細想過以後的日子要怎麼過呢？萬一我跟妳其中一個人健康出了問題，該怎麼辦？要是有錢，還可以請看護，如果沒錢，就要老老照顧了，哪有空再去管這東西？還有太多要考慮的事了。」

「嗯……你說的沒錯。」

美晴也不是沒有考慮過老後的生活，但話從勳夫口中說出來，沉重的現實就彷彿毫不留情地壓在了肩上背上。

「年金也只是杯水車薪，走錯一步，馬上就會淪為貧窮的下流老人，而妳還要繼續養著這個垃圾？」

勳夫指著優一說。美晴痛苦得把身體縮得更緊了。

「我覺得這是個好機會。這是天賜良機。孩子的媽，我們總算等到機會，可以合法丟掉這個垃圾了。」

「什麼意思？」

「以前也是，如果辦得到，我早就想丟掉這兒子，但為了面子問題，就算想也辦不到。不過現在這傢伙已經不是人了，沒有任何法律保障，不管對它做什麼——」

這番話讓美晴背脊一陣哆嗦。

看看優一，他全身縮成了一團，可憐兮兮。

「如果拋棄兒子，害兒子死掉，會惹來世人批評，但優一這個人今天已經死了。已經辦理死亡登記了。要怎麼處理這個噁心的生物，都不會有人責怪我們。所以立刻除掉這個不安的源頭，重新計畫沒有孩子的夫妻餘生，更有建設性多了，不是嗎？」

原來勳夫一直在想著這種事嗎？

美晴百感交集，深深地嘆了一口氣。

她無法得知勳夫是在何時對兒子失去了所有親情。儘管悲傷，但兒子閉不出門後的幾年光陰，就足以讓他放棄兒子了。

但美晴沒辦法如此輕易地切割。即使變成了外貌可怕的生物，那仍是她的親骨肉。是一同生活了二十年以上的家人、是她一手照顧長大的孩子。然而丈夫卻說要拋棄他、殺了他——

美晴認為，勳夫因為工作的關係，與兒子相處的時間有限，所以才能輕易地說出割捨二字也說不定。

對美晴來說，優一是她懷胎十月生下的孩子，就像是她的分身。即使沒出息，依然是她可愛的兒子。這種感情，勳夫應該是不會明白的。

「讓我想一想……」

美晴滿面愁容地說。

「我沒辦法放棄。給我一點時間吧。一起生活一段時間再決定，也行吧？」

勳夫垮下了臉，表達不滿，美晴更急切地說：

「我會跟之前一樣好好照顧他的。」

勳夫滿臉不情願，受不了地嘆息：

「我看妳這樣的一時興起能持續到幾時……好吧，妳想試就去試吧。」

美晴明白勳夫絕對不是爽快答應，但還是覺得獲得了許可，鬆了一口氣。

「謝謝你，孩子的爸。」

美晴持續緊繃的表情肌肉總算能放鬆了。

「我們來吃飯喔，小優。」

優一依然縮在房間角落，彷彿無處容身，美晴提心吊膽地走過去說。

她把優一愛吃的漢堡排放在盤子上，擺在附近。優一稍微表示興趣，把頭靠過去像在聞味道，但突然別開臉去。

「那這個呢？」

美晴接著遞出蛋包飯，但反應相同。美晴蹲在地上，沉吟起來。

「就算突變了，也不是就不用吃東西了呢。」

如果完全不進食，應該會餓死。但從這種反應，完全看不出是討厭、沒辦法吃、不餓，還是抗拒。

「那水呢？你一定也渴了吧？」

美晴說，這次將裝了水的碟子放到前面。

優一慢吞吞地來到碟子前，抬起頭，把臉湊過去，接著嘴巴一咧，伸出舌頭開始喝水了。

成功了！雖然很想歡呼，但眼前的景象卻讓美晴不禁全身僵硬。

優一的外表完全是蟲，然而嘴裡的舌頭卻是人的舌頭。什麼都還來不及想，本能的嫌惡就先壓過了一切。她情不自禁地想：太噁心了。

美晴撫摸著爬滿了雞皮疙瘩的手臂，蹲著退後了幾步。然後她回過神來，努力硬是要自己忘掉負面情緒。

——我要振作才行。

這點小事就退縮，怎麼可能撐得下去？不管外表多古怪，看久了總是會習慣的——她鼓舞自己。

——後來美晴又試了幾種食物，發現優一願意吃蔬菜。

身為人的時候，優一並不怎麼喜歡蔬菜，現在卻喜孜孜地啃著萵苣。遠遠地看去，優一完全就是隻大毛蟲。

「愈看愈噁心。」勳夫說。

儘管內心有著相同的感受，但美晴惡狠狠地瞪了勳夫一眼。

——我必須保護這孩子才行。

如果她放棄，兒子這次一定會死。光是這麼想，一股強烈的情感便緊緊地揪住了美晴的心胸。

4

異形性突變症候群雖然是一種怪病，但現在已經爆發性地蔓延開來，因此稍微一搜尋，便找到了許多關於此病和變異者的相關網站。內容五花八門，有醫院網頁、收容變異者的機關網站、個人部落格和社群網站等等。

總之得蒐集資訊才行。美晴這麼想，瀏覽這些過去刻意迴避的內容。

一直以來，美晴都在逃避異形性突變症候群的相關資訊。電視播出專題報導時，她也會立刻轉台。因為她想要藉由疏遠這些訊息，自我催眠這種病與自己無關。

我沒必要看這種東西，也沒必要知道，因為這與我無關。——必須是這樣、也絕對希望是這樣。

然而這些期盼全是徒勞。現實是殘忍的。不論是重病、意外、天災，沒人知道何時會輪到自己頭上。想要為一切做好萬全準備，會變成杞人憂天，但如果稍微有一點預備知識，事到臨頭，就可以不必像無頭蒼蠅般慌亂了。

應該要事先理解一下的——美晴痛切地這麼想，輕輕按住眼頭。她很後悔，但事情已經發生，再為此煩惱也沒用。亡羊補牢，為時未晚。

「應該從基本資料開始了解。」

美晴自言自語，點下搜尋結果的第一項。

異形性突變症候群（Mutant Syndrome）是人類在某天突然變成異形的疾病。原因尚未查明，也沒有治療方法，被視為不治之症，亦是死因。罹患者多為十五至三十歲之間的年輕人。病患被稱為「變異者」。

美晴看到的是知名的網路百科全書。這個網站可以從全世界瀏覽，任何人都可以編輯內容，有各國語言版本。查資料的時候，經常會看到這個網站。

然而內容卻只有最基本的描述，美晴忍不住皺起眉頭。她本來以為可以得到更詳細的資訊，因此感到落空。

這個網站任何人都可以編輯，因此條目內容很容易就會流於偏頗、主觀。異形性突變症候群造成的變異者多達數萬人，而且發現之後已經過了許多年，應該是眾所皆知的疾病才對。然而這個項目卻只用簡單的文字記述了不痛不癢的內容。

也可以解讀為這個項目就是如此敏感。如果詳細記述、以主觀描述，有可能引發問題。搞不好其實已經經過多次的編輯修改，最後暫時以這樣的形式保留下來。

美晴挺起駝著的背，整個人靠在椅背上，視線忽然往旁邊飄去。優一正在沙發上縮成一團，安安靜靜的。應該是在睡覺吧。

自從身體變成另一種模樣，優一都在客廳生活。因為待在二樓房間有許多不便。

首先，優一無法開門。這個問題只要把門開著就解決了，但還有別的問題，也就是優一無法自行下樓梯。

上樓梯似乎勉強有辦法。他會利用頭和兩對前腳，拚命讓身體懸空，拉起上半身往上爬。雖然肚子和短腳會不停撞在階梯板上，但還是可以花時間慢慢地爬到二樓去。前腳就像小樹枝一樣，看起來很脆弱，卻可以撐起全身，是因為體重很輕吧。但下樓的時候，身體的不平衡卻造成了問題。因為頭太大，重心不穩，會往下栽倒。

事實上，目睹優一從樓梯最上面一階滑落的時候，美晴嚇得是膽戰心驚。她以為要發生悲劇了。

幸運的是，優一沒有撞到牆壁或重重地摔在地板上，而是像溜滑梯那樣滑順地著地了。滑到一樓後，片刻之間他一動也不動，讓美晴很擔心，但似乎沒有外傷。

美晴鬆了一口氣，決定再也不要把優一帶上二樓了。反正就算回去二樓自己的房間，優一也沒辦法再像以前那樣上網打電動或看漫畫，沒有任何好處。

因此，美晴現在和變成異形的兒子兩個人待在客廳裡。

——兒子在社會上死亡後，一天過去了。勳夫已經回到自己的日常，像平常那樣上班去了。因為不需要辦喪事，所以公司也不用請假。

美晴聽說過，這種情況公司可以請喪假。

關於喪假，法律上並沒有明文規定，因此有無喪假、可以請幾天，要看各家公司的規定。勳夫的公司在這方面算是待遇不錯的，三等親以內都可以請喪假。兒子是一等親，最多可以請五天，但這指的是一般的死亡。

「沒有人會為了異形性突變症候群請喪假。」

動夫斬釘截鐵地說。他應該是在公司看過幾個前例，才會這樣說。

美晴從來沒聽動夫提過公司裡有誰家孩子變異的事。應該是刻意不提吧。但動夫似乎早有「心理準備」優一會變得如此，美晴可以推測他應該有某些理由這樣想，和不願正視現實而一直逃避的自己不一樣。

雖是夫妻，仍是不同的兩個人。不可能像肚子裡的蛔蟲一樣知道對方在想什麼。

但美晴也沒有理由制止動夫去上班，因此什麼也沒說。

優一的訃聞，在昨天就通知親戚了。反應大部分都很冷淡。嘴上說得同情，但或多或少都聽得出聲音裡的訝異。

美晴在失魂落魄的狀態下，基於義務聯絡母親清美時也是這樣。一聽到美晴的話，清美便深深地嘆了一口氣說：「妳一定很難過。」但她可以清楚聽出話中「果然」的語氣。

這也難怪。異形性突變症候群是繭居族和尼特族的年輕人才會得的病，既然患病，便等同被烙上了某種烙印。

美晴沮喪地捲動畫面，忽然看到一個怵目驚心的標題。

「社會邊緣人的淘汰……」

〈異形性突變症候群：上天的安排・社會邊緣人的淘汰〉

這陣子這種怪病在我國鬧得沸沸揚揚，儘管覺得不幸，但我卻滿懷好奇地作壁上觀。我單身，沒有孩子，因此這輩子應該都與這種病沾不上邊。

異形性突變症候群。這種病固然可怕，但有趣的是，它只會發生在年輕人身上。而且不是正努力工作、或享受燦爛青春生活的年輕人，而是所謂的社會邊緣人、抑鬱不平地過日子的人才會得到這種病。

客觀看待這種狀況，我認為這是一種「淘汰」。

高齡人口增加，加上少子化，社會亟需年輕的勞動力。在這種狀況中，不盡勞動義務的人，即使稱他們為活生生的廢棄物也不為過。或是寄生社會的害蟲。

這些人不工作，只消費，無止境地啃蝕社會重要的根幹，為害社會。這樣下去，這個國家會滅亡。

但「上天」都看在眼裡。這種病就是人類的科學尚無法企及的、大自然的神祕所創造出來的吧。此病瞄準目標，只攻擊有害的社會邊緣人，在他們之間肆虐，就宛如上帝的制裁，對此，我甚至讚嘆不已。

認真、勤懇地生活的人，完全不會沾染此病。但自甘墮落、怠惰懶散的人，會淪為此病的餌食。而放任孩子，疏於努力，未正確教導他們的父母必須負起處理這些異形的責任，等於是遭到了現世報。

太完美了。世界的自淨作用，竟是如此地令人嘆為觀止。

每當各地的病患人數刷新，我就為世上竟有如此多的有害敗類而戰慄。淘汰期間或許會是一片混亂，但當混亂平息下來的時候，我們的國家將會朝理想更邁進一步吧。我無比期待這天的到來。

「這是什麼話？」

美晴讀完文章，憤慨不已。

「上帝的制裁？太傲慢了。怎麼可能，疾病對所有人都是一視同仁的。」

但美晴本身再清楚不過，會得這種病的人就是社會邊緣人。勳夫、清美和親戚也都如此認為吧。這已經是一種「常識」了。

即使如此，搬出什麼「上天的安排」、「上帝的制裁」這類字眼，教人不由得心生反感。

而且……

「什麼『疏於努力，未正確教導他們的父母』……」

這種惡毒的言詞，讓美晴都快哭了。

不是這樣的。有誰會想要放任自己的孩子墮落？她已經窮盡一切手段，只是努力沒有得到回報而已。

雖然為人父母，但並不代表就不會犯錯。世上沒有完人，卻把責任全推到父母身上，這樣不對吧？無法跟上父母教養的孩子，當然也有問題。美晴這樣想。

而且寫這篇文章的人不是說他單身嗎？沒結婚、沒孩子、沒當過父母的人懂什麼？完全不知道做父母有多辛苦，只知道任意批判，簡直太過分了。

「這種東西看了也沒用。」

應該還有其他要思考的問題才對。美晴硬是切換思考。然而她還是禁不住要想：原來對於這種病，世人是這種觀感。

5

「已經這麼晚了。」

不經意地朝時鐘一看，美晴發現都已經快十二點半了。她起身要準備午飯，眨了眨眼。應該在沙發上的優一不見了。

發現這件事的瞬間，她毛骨悚然。到底跑去哪裡了？她謹慎地四下張望。

「小優？你在哪裡？」

總不會跑出去了吧？優一就算伸長身體也搆不到門把，應該沒辦法自己開門。

美晴挪開靠墊，檢查家具底下和背後。沒看到優一。那是去其他房間了嗎？美晴正要出去走廊，發現這道門優一也不可能打開。

「小優？」

要是貓狗，叫名字應該會回應個一聲，但異形無法答話。

——跑去哪裡了？

這種焦急，與孩子不見蹤影時的焦慮有些不同。

若要形容的話，是針對想要隨時掌握行蹤的威脅從視野中消失時的感覺。

為了避免它從意料之外的地方冒出來嚇到自己、為了預先做好心理準備，所以想要確定它在哪裡，是這種心理。

比方說，如果不小心一腳踩到那種軀體——
太可怕了。
——不行。我在想什麼？
不能對兒子有這種想法。
「小優，快點出來，拜託。」
美晴說著，走到相連的廚房，很快就發現了。飯廳與廚房之間有兼具隔間功能的吧台，後面是冰箱，下方被吧台遮住，成了看不見的死角，優一就在那裡。
優一把頭伸進買來後放在那裡的超市袋子，正不停地蠕動著。
「小、小優，你在做什麼？」
美晴出聲，優一就像聽懂了似地，從袋子裡伸出頭來。嘴巴裡叼著高麗菜葉。
一股難以言喻的情緒像鉛塊般堵住了美晴的喉嚨。這股情緒沉澱在肺的底部，又沉又苦地塞在那裡。
優一看著怔在原地的美晴，口中咀嚼著，靜靜地離開，垂頭喪氣地就要撤退。爬過地板的模樣看起來總有些沮喪，看起來也像是做壞事被抓包，尷尬罷手的樣子。
「小優，等一下。」
美晴忍不住叫住那背影。
「都中午了，我卻還沒準備吃的，所以你餓了吧？對吧？」
美晴從袋子裡取出啃到一半的高麗菜葉，遞到優一面前。優一抬起頭，交互看了看高麗菜和美晴。

沙沙沙。

優一挪動下顎。

「什麼？怎麼了？」

美晴問，優一停頓了一下，開始啃高麗菜，發出清脆的咀嚼聲。美晴只是腦袋放空地看著優一勤快啃著高麗菜葉的模樣。

很快地，高麗菜沒剩多少了，優一朝美晴的手靠了過來。看見優一幾乎快碰到自己，美晴一驚，忍不住丟開菜葉。

「啊……」

優一的頭隨著掉到地上的菜葉移動，再次沙沙沙地喃喃了什麼。然後他叼起高麗菜，努力地挪動短腳，慢吞吞地離開廚房了。

優一就這樣走到飯廳，移動到客廳，爬上沙發，蜷起身體，啃起剩下的菜葉，安靜下來。美晴看到這裡，回過神似地開始準備自己的午飯。

「……欸，小優。」

美晴吃著荷包蛋，對著鎮坐在沙發上的優一問。

「你聽得懂媽說的話嗎？」

沒有反應。

「小優，如果你聽得懂媽的話……抬頭看這裡好嗎？」

美晴說，盯著優一。但不管等上再久，優一都文風不動。

——以為他聽得懂，只是錯覺嗎？

瞬間，口中的荷包蛋感覺好鹹。

查過資料以後，美晴了解了一些事。變異者的模樣不盡相同，據說會變成各別不同的形貌。喜歡的食物也是，有些與還是人類時截然不同，有些則完全沒變，每個變異者都不一樣。

這樣的話，要打造診療變異者的醫療機關也相當困難吧。如果每個個體都不同，身體結構應該也不同。要照顧到每一種並且提供治療，在現階段只能說是不可能的事。

現在美晴了解，優一似乎喜歡吃蔬菜。尤其喜歡高麗菜和萵苣等葉菜類。就像毛毛蟲。吃完東西後，優一也不會做什麼，就蜷起身體靜靜地不動。美晴看不出他是在睡覺還是醒著。叫他的名字，有時觸角會動一動，做出反應，但依然不確定他是不是聽得懂人話。

要拿來觀賞太安靜，要和他玩耍，太沒反應。想到這裡，美晴轉念心想：不對。

這樣想太奇怪了。這不是對兒子該有的想法。

這幾年，優一本來就幾乎不會離開自己的房間。吃飯的時候一定會從二樓下來一起吃，但也只是這樣而已。吃飯的時候默不作聲，在家裡遇到，也不發一語。只有美晴單方面對兒子說話，優一根本不怎麼回，也幾乎不肯看她。

所以以某個意義來說，與他還是人的時候或許並沒有不同。

——雖然美晴的觀感完全不同了。

「該怎麼辦才好……？」

意外的是，網路上幾乎找不到記錄變異者和他們的家人日常的部落格或社群網站。搜尋的時候，有時會看到「我的孩子變異了」之類的內容，卻都沒有提到詳情。

美晴想，人們果然是想要隱瞞自家孩子變異的事實吧。

是為了面子嗎？還是為了避免招來世人的白眼？就像以前看到的網路文章，小孩變異的父母，也會被烙下失敗父母的烙印。沒有人會想要主動揭露自己的汙點吧。

儘管這麼想，但美晴還是繼續在網路上搜尋，從關鍵字找到了一個部落格。

「家裡出現怪物！」這個標題的文章是在兩年前左右貼出的。

我兒子的房間裡出現了一個怪物。是大概有嬰幼兒那麼大的海葵怪。

那個怪物身上不是長觸手，而是布滿了人類的手一樣的東西，噁心得要命。

我嚇死了，整個人恐慌，房間牆邊剛好有一支球棒，我抓起來打了它幾下，那怪物就一動不動了。是死掉了嗎？

它流出綠色的液體，都滲進地毯裡面了。太噁心了。

那景象簡直就像噩夢，不敢相信是現實。我的腳到現在都還在發軟。

我兒子跑去哪裡了？難道是被那個怪物吃掉了嗎？

我覺得應該要找人幫忙，所以報警了，可是警察會管這種怪物入侵的事嗎？（笑）

不開玩笑了，我兒子到底跑去哪裡了？要是他躲起來就好了，可是萬一解剖怪物，在胃裡發現我兒子，往後我該怎麼辦？

美晴倒抽了一口氣。她很好奇後續發展，想要看最近的貼文，發現部落格早已停止更新。部落格的格主——從文章來看應該很年輕——應該不知道異形性突變症候群。她想像當那個母親發現海葵怪就是自己的兒子、自己把他痛打了一頓時，會有多絕望。

無知實在太可怕了。也很可悲。無法被母親認出，還遭毒打一頓的兒子固然可憐，然而，一旦想像把兒子當成怪物而施暴的母親發現事實後，會是什麼心情，美晴就心痛極了。

雖然都已經是兩年前的文章了，但美晴非常在意後來怎麼了。變異的兒子就這樣被打死了嗎？格主怎麼了？

美晴無從得知，只感覺到滿滿的恐懼。

6

「一個星期了，妳還不膩嗎？」

勳夫唐突地說。

「什麼？」

「客廳那東西啊。」

美晴抹著化妝水，從鏡中看丈夫。

「……你說小優？什麼東西不膩？」

「妳不是說過？說妳想要一點時間，一起住一陣子之後再考慮。」

「是啊。」

「妳說的一點時間，到底是多久？」

帶刺的語氣讓美晴厭煩，她應道：

「至少也要一個月吧。」

「妳在開玩笑吧？」

「一個星期哪能看出什麼？」

「或許吧，可是我覺得妳太悠哉了。」

「你有完沒完啊？」

勳夫的說法讓美晴忍不住煩躁起來。

「你根本什麼也沒做，就只會抱怨。」

「光是看到就噁心，很討厭啊。我工作那麼累，回家卻還要看到那種東西，感覺很差耶。」

美晴也不是不能體諒。確實，優一那種外表不是可以一下子就習慣的。美晴到現在依然會害怕他靠近。

但優一很溫和。白天晚上各吃一次菜葉，其他時間就一直靜靜地待在客廳裡。有時候也會四處爬動，但不會製造任何麻煩。排泄也是，不會隨處大小便，而是在美晴準備的寵物尿布墊上排泄。也許是因為吃素，也不怎麼臭。

目前在照顧上並沒有什麼問題。只是外表很恐怖而已。

——所謂的害蟲，大致上可以分成三種：衛生害蟲、經濟害蟲與不快害蟲。衛生害蟲是會成為病原體的媒介，造成感染，或是會直接攻擊人類的害蟲。經濟害蟲則是會損害農作物、食品、家畜、財物的害蟲。而不快害蟲則是不會造成實質損害，卻因為外觀可怕，讓人看了害怕不舒服的昆蟲。

從這個定義來看，優一應該屬於不快害蟲吧。至少對勳夫來說是這樣。

——可是那是我們的兒子啊！

美晴也這麼告訴自己。

那是自己的兒子——所以做母親的美晴不能拋棄他。

勳夫可輕鬆了。他搬出「優一這個人已經死了」的說詞，打算丟掉他。他說他做父親的職責已經結束了。

但美晴不這麼想。孩子一旦出生，做父母就是一輩子的責任。無論有任何理由，都絕不能拋下這樣的責任。

即使孩子不成才，把他生下來的也是父母。父母必須對自己的產物負起責任。必須照顧好孩子。

美晴一面保溼一面想，忽然回頭一看，勳夫早已鑽進被窩裡呼呼大睡了。

——有夠輕鬆的，也不曉得我這麼擔心……

美晴在內心喃喃自語，嘆了一口氣。

美晴繼續搜尋異形性突變症候群的相關資料。她認為必須先充實這方面的知識才行。

她查著查著，發現某個引起她興趣的網站。

「『水珠會』？這是什麼……？」

似乎是變異者的家屬團體。網站上說，是讓擁有相同煩惱的家屬彼此交流、交換資訊、分享煩惱，以便積極向前走的互助會。

在今日，異形性突變症候群已逐漸成為普遍的疾病。

此刻，也不斷有人因為孩子突然變成另一種模樣而苦惱。

不過，你不需要一個人痛苦。擁有相同煩惱的人可以聚在一起，透過聊天談心來撫慰心傷，儲備明天的活力。

我們「水珠會」想要幫助變異者的家屬，讓他們可以懷著希望走下去。

許多變異者的家屬無法向任何人傾吐，不安難過。我們希望可以幫助這樣的人，讓大家重拾笑容。

水珠會隨時打開大門，歡迎聯絡加入。

美晴覺得眼前豁然開朗。

她就是在找這樣的東西！只要加入家裡一樣有變異者的人的社群，應該就可以更有建設性地面對問題。

比起一直關在家裡，和異形的兒子大眼瞪小眼，或只是聽心態否定的丈夫不停地抱怨，應該可以變得更積極、往好的方向前進。美晴感到一束光明射進心中。

「啊，喂，你好，呃，我看到你們水珠會的網站……」

美晴立刻打電話到網站上的聯絡電話。一想到只有這條路可走，她的行動非常迅速。

「喂，妳好。妳想要入會是嗎？」

接電話的女人聲音明亮柔和。美晴放下心來，甚至露出微笑。

「對，請問加入有什麼條件嗎？像是要繳交會費之類的。」

「只要是家裡有變異者的人，都可以加入。我們不收會費。」

真是良心事業！美晴想，這果然是一個非營利目的、純粹為了幫助彼此的團體。

「這樣啊。那要加入的話，要怎麼辦手續……？」

「是的，需要在名冊上填寫簡單的資料。這部分需要請妳親自過來填寫。」

「好的。那我想這幾天就過去……」

「好的，請問大概是哪一天呢？」

美晴本來想說「今天就去」，但這樣應該太倉卒了。

「應該是明天以後……妳們那邊什麼時候方便……？」

「我們隨時都可以。辦理手續的事務所隨時開放，週末和假日也會從早上十點開到晚上八點。」

「好的，那……」

美晴正要開口，偷偷看著優一思量。

實際辦理入會手續時，應該也要帶著優一一起去，否則對方無法確定是不是真的家裡有變異者。

可是，要怎麼把優一帶出去？就像之前去醫院那樣，把他裝進行李袋嗎？這樣對待真的可以嗎？

發現變異那一天，美晴和勳夫只想到要趕快帶優一去醫院檢查，因此不在乎手段。會選擇用行李袋裝，也只是因為大小合適，他們沒空細想這樣做是否恰當。

但申請加入互助會的時候，即使是變異者，隨便找個行李袋把兒子裝在裡面，是不是不太對？一個不巧，會不會招來抨擊？會不會被人在背後指點，說自己這個母親太失格了？

美晴猶豫了片刻，果斷地回答：

「我星期六中午左右過去。」

「星期六中午左右。大概幾點呢？」

「嗯……兩點左右。」

「好的。那麼，星期六下午兩點對吧？我記起來了。可以請教全名嗎？」

「啊，好，田無……呃，只需要我的名字嗎？」

「是的。」
「田無、美晴。」
「田無美晴女士。……好的，那麼星期六下午兩點見。」
「謝謝。」
對話這樣就結束了。美晴嘆了一口氣，放下話筒。
今天是星期二，距離星期六還有好幾天。必須在那之前，設想一下該如何把優一帶去。
「有什麼合適的東西……買個寵物外出籠或許不錯。」
——平時走在街上，從來沒有看到過異形。也許只是美晴沒有特別去注意，但他們確實不會出現在引人注目的地方。變異者和他們的家人，在日常生活中果然是躲躲藏藏地過日子吧。
像狗一樣把優一繫上牽繩帶過去，是絕對不可能的事。還是必須裝進容器裡帶去才行。
「不會顯得不自然的東西……又不會被人認為是在虐待他的東西……」
美晴喃喃自語著，心想等勳夫回來，必須跟他討論才行。

7

勳夫下班回來了。美晴一如往常地迎接丈夫，準備晚飯。看到勳夫坐下來開始用飯，她扭扭捏捏地開口了：

「那個，孩子的爸，我有事想跟你商量。」

「……什麼事？」

勳夫回答的表情有些厭煩。

「幹麼那種表情？」

「一回來就看妳一臉有話想說的樣子，反正八成不是什麼好事。」

「你幹麼動不動就這樣說？」

美晴有些鬧脾氣地說，但還是察言觀色地看著勳夫。

「其實是關於優一……我找到一個有用的資訊。」

勳夫眼睛盯著燉菜，嘴巴不停地嚼動著。

「好像有個團體，是異形性突變症候群的、變異者的家屬互助會，叫水珠會。」

丈夫依舊頭也不抬，美晴沒有退縮，繼續說下去。

「我想帶優一一起去看看，加入那裡。」

勳夫總算看向美晴，一臉狐疑。

「加入那裡？要多少錢？」

「放心，那裡不收會費。」

「就算不用錢……」

勳夫喝著味噌湯，皺起眉頭繼續說。

「那種地方還是很可疑吧？」

「怎麼說？」

「妳說那裡是家屬互助會，到底是在做什麼？」

被語氣嚴厲地一問，美晴有些氣餒地說：

「家裡有變異者的家屬聚在一起，彼此交流……」

「交流做什麼？」

「這……喏，彼此打氣啊。遇上相同問題的家屬可以相互幫忙。還有……呃，也可以交換資訊。這些不是很重要嗎？遇到困難的時候，如果有可以討論的對象，就會安心許多，而且……」

美晴支吾說明，勳夫大嘆一口氣：

「說真的，那有什麼用？只是自我安慰罷了。……交流心得？交換資訊？討論？只是好聽話罷了。簡而言之，就是一群三姑六婆的聚會吧。明明只是想要聚在一起八卦，卻叫什麼『家屬互助會』，真是太誇張了。」

勳夫面露鄙夷的笑容說，美晴聞言整個人都凍住了。她完全沒想到會得到這種反應。

「還是可疑的宗教團體？宣稱只要買了他們法力無邊的壺，兒子的病就會好起來之類的。」

「你為什麼要這麼刻薄！」

美晴厲聲反駁，勳夫的眼神卻冰冷到家。

「因為妳很容易受影響。要是妳被奇怪的團體拐去洗腦，拿錢去投資，那還得了？」

「我才不會那樣。」

「我反對妳參加。別去那種莫名其妙、不知道在搞什麼的聚會。」

勳夫嚴詞命令，美晴橫眉豎目起來。

為什麼丈夫要說得這麼難聽？他又不是親自調查過，只是稍微聽美晴轉述，就認定那是不好的團體，話中充滿偏見。

勳夫什麼也不做，就只會滿腹牢騷，成天抱怨。好不容易眼前有個可以突破困境的機會，卻甚至不去把握。

「你少命令我！」

美晴說，勳夫傻住說：

「那妳幹麼跟我說？不就是想要問我的意見嗎？」

「對，可是算了。我想怎麼做就怎麼做。」

「妳要怎麼做是妳的自由，可是拜託不要亂花錢啊。」

「我知道。」

「要是影響到家用，我會強迫妳退會。」

「好。」

美晴氣憤地離開，走到客廳，在沙發一屁股坐下來。蜷在角落的優一被彈了起來，驚訝地抬頭。美晴抓起遙控器打開電視，將音量調大一些。

——沒想到他這麼死性子。

這陣子美晴和勳夫衝突不斷。當然，勳夫從以前就有些頑固，但兩人的意見大致上應該都還算契合。

——美晴大概知道理由。勳夫是看不順眼美晴為優一做什麼。他不想為已經打算丟掉的兒子花任何心思、時間和金錢。在這件事上，兩人之間有著巨大的鴻溝。

因此美晴只得無奈地一個人去買寵物籠。其實她原本想要和勳夫一起討論挑選，但看他那樣子，應該是不可能的事。

美晴前往寵物店。但是五顏六色琳瑯滿目的各式寵物用品震懾了她，讓她不知所措地在陳列架前來回徘徊。

「要找狗狗用的籠子嗎？」

美晴猶豫了一陣子，結果店員笑吟吟地過來招呼。美晴有些鬆了一口氣，應道：

「對。我沒有買過，不知道哪一種比較好……」

「真的會不知道該如何挑選呢。有一些考慮的重點，像是功能、外觀，不過先從尺寸開始挑選可能比較好。請問您養的是哪一種狗？」

「呃，哪一種狗嗎？」

「是小型犬還是中型犬？」

「哦。」美晴點點頭。「大概中型犬那麼大。」

「……現在是小狗，以後還會再長大是嗎？」

「不是，呃，應該不會再長大了。」

店員似乎有些訝異，不過還是說著「這樣的話」，拿了一樣商品向美晴介紹。

「這種尺寸可以嗎？」

美晴回想著優一的大小，和店員手中的商品相比較。

「嗯，差不多這麼大。」

「好的。然後是款式，有後背包式、肩揹式，附滾輪的行李箱式，可以配合用途來挑選。」

美晴思考起來。後背包式的話，揹在身後看不到是什麼狀況，有點擔心。滾輪式的感覺會在移動途中撞到東西，不太放心。還是肩揹式的最妥當吧。

「呃……我想要從外面看不太到裡面，外觀比較像行李袋的。」

「從外面看不到裡面的狗狗是嗎？」

「對。」

店員想了一下，拿來一款和普通旅行袋沒什麼兩樣的袋子。

這個袋子的話，和把優一帶去醫院時裝的波士頓行李袋大同小異。美晴猶豫了一下，轉念心想這是寵物用品，在堅固程度方面應該比較安心。

「那我買這個。」

「好的。只需要這個就行了嗎？」

「對，這個就好。啊，謝謝你幫我挑選。」

「哪裡，不客氣，這是我的工作。」

店員笑道。他等待美晴從錢包裡掏出現金時，忽然開口：

「最近這種款式的外出袋賣得特別好呢。大部分的客人都要求要外面看不到裡面的款式。」

美晴忍不住抬頭，店員面露微笑。

「當然也有客人想要有大窗的款式，說這樣才能在搬運途中看清楚狗狗的狀況……」

店員停頓了一下，朝美晴投以別有深意的、觀察般的眼神。有一段不自然的空檔。

「呃……？」

美晴訝異地開口，店員再次換上職業笑容回答：

「是啊，嗯，也是有像**客人的狗狗**那樣……因為膽小，不喜歡被人看到。現在這樣的需求很大，我們也進了很多。」

那語氣意有所指。店員面帶笑容，依然像是在觀察美晴的反應，就好像想要得到某種確信，或是答案。

美晴芒刺在背地付了錢，迅速接過收據。

「謝謝惠顧。歡迎再度光臨。」

店員行禮，美晴頷首回禮，立刻轉身背對。但她依然覺得打量般的眼神黏在身後，忍不住逃之夭夭地離開了。

「……幹麼緊張成那樣。」

離開店外，輕嘆一口氣，美晴細細端詳手上的紙袋。

被那種打探的眼神看待雖然很不舒服，但也許是美晴這類客人愈來愈多，多到店員都心生疑惑了。想到其實身邊就有其他和自己相同遭遇的人，美晴奇妙地感到放心。

只是美晴沒有發現而已，世上充滿了變異者的家屬。她們或是他們，都過著什麼樣的日常生活呢？加入「水珠會」，就可以了解這些事嗎？

——只要加入，一定就能有所改變。

和死性子的勳夫不同，可以聽到和自己一樣為孩子擔憂的父母的想法。他們一定也能理解美晴的辛苦，她現在感受到的煩惱一定也能減輕一些。

只要能和處境相同的人交流，狀況應該就會好轉。

美晴模糊地這麼想，對「水珠會」愈來愈期待了。

※

這天，我的心情格外沉重。

撐起倦怠的身體，準備早飯。今天有飯店房務和超市的班。就算身體有些不舒服，但是既沒感冒也沒生病，當然還是得去上班。如果臨時請假，會給其他計時人員造成麻煩。

「那孩子還在睡！」

客廳不見女兒人影，我嘆了一口氣。

這三個月左右，女兒多半關在房間裡。

「得叫她快點找到下一份工作才行……」

家計捉襟見肘。即使我像陀螺一樣工作個不停，也才剛好支應每個月的生活開支而已。女兒工作分擔家用，才勉強有餘錢儲蓄。但現在因為女兒沒工作，日子難過極了。

我們是單親家庭，女兒五歲的時候，我和丈夫離婚。可惡的丈夫在外頭有了女人，拋棄了我們。後來我就一個人獨力拉拔女兒長大。我竭盡所能，為女兒做了所能做的一切。

然而女兒卻完全不知道感激。確實，我因為工作經常不在家，對她也不能說付出了足夠的關心，但我絕對不是丟下女兒出去玩，而是為了讓我們活下去、為了生活而拚命工作。然而女兒卻不懂事，只會鬧彆扭鬧脾氣，叛逆期的時候，都快把我整死了。

女兒吵著想上大學，我好說歹說，要她高中畢業就出去工作，這件事讓她到現在都還記恨。如果能夠，我也想讓她上大學——如果學費有著落的話。如果她自己夠爭氣，可以靠獎學金上大學的話。

但兩邊都沒有，又有什麼法子？

她應該很討厭那個職場，每天抱怨不休，做不到一年就離職了。離職以後就一直在找正職工作，不停地投履歷，但似乎很不順利。我沒有當面跟她說過，但私底下覺得她會找不到工作，就是因為理想太高、太挑剔了。

女兒也曾經因為徵人的條件要求大學以上學歷而責怪我。

——媽，妳看，沒有大學學歷，連像樣的工作都找不到。我好想上大學，我根本不想高中畢業就出社會工作！

就算女兒這樣說，我也無話可說。就算怪父母應該為子女預存學費，我也只能說：有什麼辦法？沒錢就是沒錢。

——要是我有爸爸就好了。如果有爸爸，我就不用吃這麼多苦了。妳幹麼離什麼婚嘛？就算外遇，睜隻眼閉隻眼，忍一忍不就好了？

女兒哭著說。真是既任性又自私，到底是像到誰？

——為什麼不至少跟爸要教育費？媽為什麼這麼沒用？

前夫人間蒸發，我完全不知道要怎麼聯絡他。

——我一直過得好苦。朋友都打扮得漂漂亮亮，只有我一個人永遠穿舊衣服，零用錢也比別人少，連化妝品都買不起。牙齒也是，我小時候就想矯正，都是妳不給我錢。這是做父母的義務吧？聽到我是單親家庭，別人都一副「果然」的表情。又窮又醜，爛透了。我受夠了！

我也很難受。自從女兒出生以後，我再也無心照顧自己，離婚後更是不停地工作，從來沒有一天休息。成天做牛做馬，連喘息的時間都沒有，只知道工作。

我這麼努力把女兒養大，女兒卻把這一切視為理所當然，反而只有怨懟和不滿。

妳以為我想嗎？要是沒有生妳，我現在早就——

我好像一怒之下，不小心反駁了這類的話。仔細想想，就是從這句話之後，女兒關在房間裡再也不出來了。

我覺得說那種話實在很幼稚。可是，沒有人了解我的辛苦。我受夠只知道埋怨自己的家境、怨天尤人的女兒了。所以我不覺得自己做錯了。

女兒也快二十歲了，應該要長大了。如果她以為即使幼稚地發脾氣，周圍的人也會同情她、討好她，那她應該要認清事實了。

我邊準備早餐邊想，女兒卻還是沒有出現。

「真受不了。」

我嘀咕著走向女兒房間。女兒房間在洗手間斜對面，早上梳洗時，聲音都會傳過去，大多時候就會把她給吵醒，所以我覺得有些難得。

基於禮貌，我輕敲了幾下門，然後開門。

「妳在做什麼？吃早飯了，快點——」

說到一半，我發現床上沒有人影。我訝異地移動視線，頓時嚇得全身一抖。

兒童房的書桌前，椅子上癱著一坨像是融化的軟趴趴物體。拉上的窗簾射入微光，隱約照亮了那團肉色的物體。我不明白發生了什麼事，呆了半晌。

那東西就好像把人體搗碎以後，重新捏成一團，設法固定起來。證據就是仔細一看，上面不規則地摻雜了頭髮、腳、手指等疑似人體殘骸的物體。

「噫……」

我發出走調的叫聲，奇妙的塊狀物製造出潮溼的聲響，緩慢地蠕動起來。原本似乎在前方的眼珠緩緩地移動到後方，盯住了我。

晚了一拍，嘴唇也移動過來。熟悉的那張嘴張了開來，裡面凌亂叢生的醜陋齒列毫無疑問就是女兒的牙齒，我整個人都快昏過去了。

「啊、啊……」

肉塊在說話。我驚嚇到整個腿軟，當場坐了下去。

「啊……」

什麼？什麼東西？

這到底是什麼！

我尖叫著後退，惡狠狠地甩上房門。接著急忙跪爬起來，鎖上外側的門鎖，免得肉塊跑出來。——這是女兒進入青春期以後，說要保護她的隱私，自己裝的鎖。我一直覺得它赤裸裸地把我隔絕在外，看了就不順眼，沒想到會在這時候被它拯救。

心臟怦怦亂跳，我驚恐得全身發抖。我無法理解自己究竟看到了什麼。那東西、那怪物到底是——

房裡突然傳來一道柔軟的物體砸在地面的聲音。接著是滋滋爬動的聲響。那聲音靠近房門，開始撞擊。

「噫！噫噫噫！」

我邊叫邊後退，逃進洗手間裡躲起來。這段期間，房門也因為內側的撞擊而傾軋，微微搖晃。

門板和門鎖夠堅固，足以信賴。不管再怎麼撞，應該都不會輕易被撞壞。

即使明白，我還是害怕極了。那團肉塊會不會把門撞破跑出來？我害怕得不得了。

——那到底是什麼？

我在混亂中思考著。

——那個怪物到底是什麼？

雖然有女兒的影子，但那不可能是女兒。不可能。

「怎麼會——」

我無法理解發生了什麼事。如果這是夢，我只想快點醒過來。

「怎麼會——」

我嚇得魂飛魄散，眼淚直流。雞皮疙瘩爬了滿身，只希望快點有人來救我。

「啊啊、啊……」

房間裡傳來聲音。

「嗚嗚嗚、啊啊——」

聽起來有點像嬰兒的聲音。

「該門——」

肉塊一邊撞門一邊說。

「該門啊！該門——」

就算想站起來，腳也完全使不上力，我爬著逃向走廊。

「欸，該門啊——」

我想拋開那懇求的聲音，爬進客廳。

「嗚嗚、嗚、嗚！」
即使關上走廊的門，還是聽得到那哭聲。
「嗚嗚！該門啊——」
「吵死了……」
「棒我朱去——」
「吵死了……」
「嗚嗚！馬媽！馬媽！」
「吵死了！」
我抱緊自己的身體，縮成一團，咬著指甲。
視線不經意地掃過時鐘。必須整裝出門上班才行了。
可是，這種狀況我不可能離開。
「馬媽，該門——」
肉塊在哭。
「棒我朱去、棒我朱去——」
到底要哭到什麼時候？
「馬媽——」
為什麼就是不肯放過我？
「嗚嗚嗚！嗚嗚！」

我鞭策著顫抖的腳，好不容易站了起來，從廚房拿起炒菜鍋，躡手躡腳地走近房間。

「嗚嗚嗚！嗚嗚嗚！」

仔細想想，我總是被綁得動彈不得，毫無自由。不管再怎麼苦、再怎麼難受，都是理所當然，如果身體稍有不適，無法達到平常的工作表現，立刻就會招來責罵。

我太不自由了。都是因為它。

「馬媽，該門啊——」

總之，得讓這個吵死人的肉塊閉嘴。

我靠近房間，悄悄打開門鎖。

……。

全身的疲勞感讓我幾乎虛脫坐下，但我還是回到了客廳。把底部骯髒變形的炒菜鍋丟進流理台，在餐桌旁坐下，就這樣整個人靠在椅背上，從肺部深處嘆了一口氣。

房間完全安靜下來了。我知道自己做了可怕的事，但也感到解脫。也覺得這下一來，我終於成了自由之身，從滿是束縛的人生中被解放出來了。

看看時鐘。遲到了。看看手機，有未接來電。

得聯絡職場才行。就算為遲到辯解，如果領班心情不好，還是有可能會被開除。

……但我甚至覺得就算被開除了也無所謂。

桌上兩人份的早餐早就涼了。

第二章

1

星期六下午。用完午飯後，美晴便匆匆整裝。

「妳要出門？」

正在看棒球賽轉播的勳夫眼睛和身體一動不動，對著電視問。

「嗯。再怎麼晚，傍晚就會回來。」

美晴簡潔地回答。她沒說要去哪裡，也沒說要出去做什麼，但勳夫也沒問。之前已經提過了，不必刻意再問，勳夫應該也察覺她要去哪裡了吧。所以美晴也沒有向勳夫更進一步說明。

「小優。」

勳夫坐在沙發，因此優一被趕走，無所適從地縮在房間角落。

「小優，跟媽媽一起出門喔。」

美晴呼喚，優一輕輕搖晃觸角，下顎細微地「沙」了一聲。很快地，他似乎理解自己要被帶出去，慢吞吞地在地上爬來爬去，像要逃離。

「嘰！」

優一發出木材被擠壓般的聲音，難得看起來像在抗拒，但美晴不理會，以帶他去醫院時相同的手法，將他裝進袋子裡了。

轉乘兩次電車後，再從車站徒步十五分鐘，就是「水珠會」的事務所。美晴面對建築物，與地圖相比對，確定似地自言自語：「就是這裡呢。」

埋沒在商業區外圍的出租大樓三樓。事務所就在這裡。

電梯裡的標示也寫著「水珠會・事務所」，應該不會錯。美晴有些緊張，輕輕打開和牆壁同為象牙色的門。

噹啷噹啷——讓人聯想到咖啡廳的輕快鈴聲響起。門的對面有櫃台，卻不見人影。美晴四下張望，一個看起來人很和善的婦人從裡面小跑步出來。

「午安！」

婦人年約四十五歲。這裡雖然是事務所，但美晴知道不是法人組織。對方打扮很休閒，應該是普通的主婦。

「妳好，敝姓田無，前幾天打過電話。我是來申請入會的。」

「田無女士對吧？謝謝妳來。裡面請。」

婦人催促，美晴回以笑容。裡面似乎要脫鞋，她脫下包鞋，換上客用拖鞋。

——幸好感覺人不錯。

美晴這麼想著，內心鬆了一口氣。

第一次來的地方，還是會讓人不安。如果接待的人態度冰冷，更會讓人心生排斥。但至少剛才的婦人似乎很歡迎美晴。這一點讓她非常安心。

事務所內部很整潔，是女性會喜歡的裝潢風格。牆壁、小物和家具的顏色等等，整體氛圍給人一種溫暖的印象。
婦人請美晴在會客區沙發坐下，她坐了下來。沒多久，婦人便捧著茶再次現身。
「請用。」
「啊，謝謝。」
「妳來的時候有沒有迷路？」
「沒有，還好……」
「這樣啊，那太好了。附近有一棟大樓跟這裡很像，很多人說很容易搞錯。」
婦人笑道，將一張紙遞到美晴前面。
「這是入會申請書。……不過也不是多正式的東西，請放心。還有，自我介紹晚了，我是水珠會的代表，山崎伊都子。」
山崎坐著微微行禮，美晴也頷首回禮。
「幸會，請多指教。」
「我才是。」
山崎眼角的笑紋變得更深，唇角揚起。
「那麼，請先填寫申請書必要的項目吧。」
美晴拿起筆來，望向申請書。申請人的姓名、年齡、住址、電話，以及電子信箱。變異的家人姓名、年齡。除了這些欄位以外，還有簡單的問卷調查。問題都很普通，比方說：
「是在哪裡知道水珠會的？」

「田無太太，不好意思，那個袋子是……？」

「啊，呃，是我兒子。」

「方便請教名字嗎？」

「嗯，他叫優一。」

「優一。」

袋子裡的優一挪動了一下身體。

「我可以跟他打聲招呼嗎？」

美晴點頭說好，把袋子放到桌上，靜靜地打開緊閉的拉鍊。一會兒後，優一從裡面提心吊膽地探出頭來。

「優一，你好。」

山崎即使看到優一，表情也沒有變化。沒有嫌惡的樣子，也沒有看到怪東西的眼神，很自然地微笑打招呼。

優一也許是因為有人對他說話，把他嚇了一跳，慌忙縮回袋子裡了。

「他很害羞呢。」

「嗯……我家孩子很內向。」美晴答著話，眼睛眨個不停，「請問，妳都會像這樣一個一個打招呼嗎？」

「當然。面對面打招呼，是溝通的基本嘛。」

看見溫柔微笑的山崎，美晴有種茅塞頓開的感覺。

她覺得這個比自己要年輕十歲左右的女子，想法和人品都比自己成熟太多了，忍不住心生敬畏。

山崎即使看到連母親美晴都忍不住深感厭惡的優一，也從容自若，普通地對待。

……沒錯，連身為母親的自己都辦不到。

美晴羞恥地垂下頭，為了掩飾而動筆填資料。

「我認為異形性突變症候群並不是特別的疾病。」

山崎平靜地說。

「確實，現在只有一部分年齡層的人發病，但我想這種疾病，原本是每個人都有可能罹患的。所以才需要更多的人聚在一起，彼此扶持，尋找克服之道。不害怕疾病、不害怕變異者，重新審視人與人之間的關係，相互幫助。我就是希望變異者和家屬能有光明的未來、找到希望，才會成立這個互助會。」

語氣溫柔而堅定。美晴停下手抬頭。定睛一看，山崎的模樣總讓人覺得崇高。

「往後妳也可以放心了。不要把自己逼得太緊，適度地放鬆，懷著積極向前的心態，面對這個問題吧。有任何困難或不懂的地方，就和夥伴們分享，千萬不要一個人苦惱。」

「……好的。」

美晴一邊回答，幾乎快淚眼盈眶了。她發現自己就是在追求這種強而有力的鼓勵。

決定加入「水珠會」果然是對的。不管是對美晴還是優一，這一定都會帶來好的結果。

填好申請書，正要遞給山崎時，門鈴響了。

2

「午安！請問有人在嗎？」

外頭傳來年輕活潑的招呼聲，山崎應著「來了」，站了起來。美晴的表情不由自主地緊繃起來。

是會員嗎？還是和美晴一樣，是來申請入會的？

不管怎麼樣，這都是她第一次見到優一以外的變異者或家屬。

到底會是什麼樣的人？

美晴警覺地望過去，現身的女子比山崎更年輕，看上去約三十多歲。頭髮不到肩膀，向內鬈翹，穿著服貼的緊身牛仔褲，沒有家庭的感覺，年輕得就像單身女子。

「啊，妳好。在招呼客人是嗎？」

女子一看到美晴，立刻頷首說道。美晴也同樣點頭回禮。

「沒有先跟妳說一聲，真不好意思。田無太太，方便一起嗎？」

「嗯……沒關係。」

突然要和變異者的家屬坐在一起，美晴有些緊張，但拒絕也很失禮吧。美晴說好，山崎露出笑容招呼道：

「津森太太，請坐。」

「謝謝，打擾了。」

山崎催促，姓津森的女子在美晴旁邊坐了下來。肩上揹著和美晴類似的包包。

「原來事務所是這種感覺。」

津森好奇地東張西望。

「其實我來的路上好緊張呢。來這裡之前，還不小心找錯地方，那棟大樓好舊好陰暗，讓我好擔心呢。幸好這裡感覺很棒。」

津森興奮地說個不停，山崎笑著點點頭：

「這棟大樓很容易被搞錯。」

「這樣啊。啊，可是我有自信，下次絕對不會搞錯！」

好有活力的人——這是美晴對津森的第一印象。

「突然跑來，真不好意思。……我這人就是這樣，有些急性子。其實今天早上打完電話，我本來要立刻過來的，可是因為一些事情耽擱了。」

「哪裡哪裡，沒關係的。」

津森是那種當機立斷的個性嗎？似乎沒有告知明確的時間就臨時跑來了。

「田無太太，津森太太，一次有兩個人來申請入會，真的很難得。平常即使有人詢問，實際來辦手續的人，一、兩個月裡也才頂多一個人而已。妳們會剛好在同一個時間遇到，一定也是某種緣分。」

山崎溫和地說著，將申請書遞給津森。美晴順勢將填好的申請書交回去，山崎笑咪咪地收下。

「這裡現在有幾個會員？」

津森邊填邊問。

「除了兩位以外，有六十三個人。」

「六十三個人。」

津森複述，聲音聽起來很意外。

「滿少的呢。」

美晴說，結果津森抬頭說：

「咦？我覺得比想像中的還要多耶。」

兩人看法相左。

異形性突變症候群在全國各地有多達數萬名病患，然而參加家屬互助會的卻僅有六十三人——這是會員數目，變異者與家屬一戶約有兩、三個人，因此相當於二十多戶吧。美晴覺得很少，但津森認為很多。

「水珠會在全國有分會之類的嗎？」

美晴問，山崎搖頭：

「這是個人經營的小規模互助會，所以沒有分會。」

不過其他縣市好像也有宗旨類似的家屬互助會——山崎表情有些複雜地接著說。

「那麼，這裡的會員都是市內的人嗎？」

「也有從外縣市來的，但非常少，幾乎都是市內或縣內，住在附近的人。」
「這麼一想，還是很多啊。」
津森一臉嚴肅地說。
「縣這個範圍有點微妙，但以市來看，我覺得還是很多。這代表至少有六十三個像我們這樣的人對吧？但平常卻完全不會看到，真的很奇妙呢。」
變異者的數目實際上應該還要更多。其中有六十三人參加了家屬互助會。
還是感覺很少，美晴想。其他大多數的人到底都怎麼了？
「我自己希望水珠會能夠支援更多的人，但並不想強迫別人參加，而且也可以去參加其他的團體。再說，也不是說沒有參加互助會的人就是不幸的。在需要的時候，為需要幫助的人發揮功能，是本會的理想。」
美晴點頭表示同意。有多少人，就有多少種想法，也有人不需要幫助吧。山崎能包容這些人的存在，讓人覺得她是個胸襟開闊的人。
美晴想起忘了喝的茶，慢慢地啜飲。這時她不經意地望向旁邊，發現津森的袋子在搖晃。
「津森太太，那是……？」
山崎就像問美晴那時候一樣，指著包包問。
「我女兒紗彩。不好意思，她就是安靜不下來。」
津森瞥了一眼開始躁動發出聲響的包包，歉疚地垂下眉毛。

「沒關係的。我可以和她打聲招呼嗎？」

「可以啊，可是……沒關係嗎？」

津森有些擔心，但還是打開拉鍊。裡面冒出一團白色的毛球。

「咦！」山崎睜圓了眼睛微笑。「是狗狗嗎？還是小貓？」

「應該是狗。」

津森確定地瞥了一眼說。

冒出包包的物體全身被柔軟的白毛所覆蓋，疑似頭部的部分，有著和狗一模一樣的耳朵。很像在電視上看過的博美狗。美晴真心覺得外表可愛極了。

——原來異形也不全是那麼可怕的嗎？真的有各種外形呢。

——如果優一也變成這樣的話，一定——

山崎把手伸向毛球。真的會讓人忍不住想摸摸看。然而手還沒有碰到，毛球就大聲低吼，吠叫起來。

美晴嚇了一跳，看到了毛球的臉。那是一張人臉。宛如都市傳說中的人面犬外觀，讓美晴不禁驚愕失聲。身體幾乎和狗沒有兩樣，然而卻只有臉……

「壞，不可以！」

津森斥道，毫不猶豫地打了毛球——紗彩的頭一下，美晴見狀回過神來。紗彩「呦」地哀叫一聲，縮進包包裡了。

「對不起，這孩子脾氣不太好。」

「不會不會。……我說這話或許是多管閒事，不過請對她溫柔一點吧。」

聽到山崎的話，津森愣愣地眨眼，幾秒鐘後似乎才意會過來，「啊」地張口，露出困窘的客套笑容。

津森平常應該都這樣對女兒吧。然而卻被外人指正，她顯得有些尷尬。

「呃，對了，」

津森像要轉移話題地開口。

「山崎太太的小孩也是變異者嗎？」

美晴眼尖地看見山崎的嘴角微微抽動了一下。那反應看起來像是被戳到不願意觸碰的痛處。

「嗯，是啊。」

山崎的笑容帶著苦澀。

「兩年前發病的……是我兒子。」

山崎用了過去式，讓津森面露疑惑。山崎見狀微微垂下目光說：

「現在不在了。」

「不在了……？」

「發病後三個月失蹤了，我再也沒有看到他。也不知道他在哪裡怎麼了、是生是死。」

津森驚訝地掩住了嘴巴。

「對不起，我不該……」

「沒關係，別在意，常有人問起。」

山崎恢復原本的笑容，擺了擺手。

「……我真不懂那時候我兒子在想些什麼。他是從房間窗戶跑走的。我們到處找，但最後還是找不到。也不知道他為什麼要離開、對什麼不滿……我非常後悔。」

「原來是這樣……」

「我不希望再有人遇到和我一樣的事，所以成立了水珠會。希望不會再有人像我一樣，經歷失去孩子的悲傷。」

津森眼眶泛淚地點頭：

「妳一定很傷心。」

「謝謝。不過現在已經沒事了。我已經決定要往前看了。」

美晴情不自禁地發出感動的嘆息。

如果換成美晴，會怎麼做？如果優一莫名其妙地失蹤，她能從悲傷裡重新站起來嗎？有辦法以痛苦的經驗為動力，跨出去扶助境遇類似的人嗎？……應該沒辦法。

起心動念，並付諸實行，不是一件易事。不光是在心中幻想，而是讓想像化為現實，那種力量和行動力是值得尊敬的。美晴深受銘感。

——太令人敬佩了。

美晴懷著感動，再次喝起剩下的茶，這時門鈴又響了。

「午安！」

聲音比津森那時候更大。

「今天真是門庭若市。」

山崎起身。美晴漫不經心地隨著她的背影望去，拉回視線時，和津森對望了。津森眨眨眼，揚起嘴角微笑。表情有些俏皮。

「伊都子，午安。」玄關傳來女人的聲音。「今天怎麼了？好像很多人？」

「就是啊，很難得對吧？」

應對的山崎聲音柔和，是與熟悉的人說話的語氣。

一會兒後，一名身材高大的短髮女子來到會客區。

「啊，兩位好。是來申請入會的？」

美晴和津森回禮，跟上來的山崎說：

「我來為兩位介紹。這位是春町美彌子太太，水珠會的第一號會員。」

「對，我是元老了。請多指教。」

「春町，這位是津森乃乃香太太，這位是田無美晴太太。」

山崎依序介紹津森和美晴。春町來來回回地看著頷首的美晴和津森，露出有些滿足的笑容。

「春町是個情報通，知道很多事喔。」

「對，沒錯。如果有什麼不懂的地方，儘管來問我。只要是我知道的事，一定會毫不保留地分享。」

「好棒，太可靠了。」

看到自信滿滿的春町，津森雙手合掌讚賞道。美晴也點頭附和。

「春町也坐吧，我去泡茶。」

「謝謝。」

春町一屁股在美晴對面坐了下來。

「那麼……」

春町兩手交握，望向這裡。自我主張強烈的紅唇勾勒出弧線，強勢地問：

「妳們現在有沒有什麼不清楚的地方？」

美晴忍不住和津森面面相覷。

「呃，對了，水珠會具體上有什麼樣的活動？」

美晴問，春町「咦」地瞪大眼睛驚道：

「伊都子也真是的，連這麼基本的事情都還沒有說明嗎？」

「我們才剛填完申請書而已。」

津森立刻打圓場，美晴也點點頭。

「這樣啊，那我來替她說明吧。」

春町雙手按胸，一臉得意地說了起來：

「水珠會呢，每個月有四次交流會。幾乎都是辦在週末，有例會、講師會和兩次放鬆會，內容是唱ＫＴＶ或吃飯。」

「放鬆會……？」

「對。當然了，喘息是很重要的。」

春町朝一臉意外的津森回答，瞇起眼睛笑了。

「逼得太緊，對精神也不好。如果精神緊繃，也無法對別人寬容，不是嗎？」

也許是這樣，美晴想。和變異的孩子每天兩個人關在家裡，過著封閉的生活，光想就覺得快發瘋了。定期與外界交流，即使只是暫時的，離開煩心的事，享受一下，應該是很重要的。

「久等了。」

山崎端著茶現身了，春町轉向她說：

「伊都子，她們問我活動內容。」

「啊，我還沒說明嗎？」

「我剛才已經跟她們說了。」

「太感謝了。」

山崎笑吟吟地在春町旁邊坐下來。

「兩位是今天加入，所以實際參加活動，是從下次開始呢。每個月的第一週是例會，第二週是講師會。講師會昨天剛辦完，所以可以從下星期的放鬆會開始參加。不過這些活動並非強制，要不要參加，都看各人自由。參加的成員和放鬆會的內容，都交給幹事決定。」

「自由參加嗎……？」

美晴不解地歪頭問。

「也就是說，」春町接口。「例會和講師會，是希望所有的會員都能盡量參加，但放鬆會如果不想參加，不來也沒關係，因為這是為想要喘息的人辦的活動。不過我認為即使不太起勁，參加比較能消除無意識之中累積的壓力。」

「每個人想要的喘息方式都不一樣嘛。放鬆會會由志願者推舉幹事，分成小組，想要吃飯的人就參加吃飯組、想唱歌的人就參加KTV組，想出遊的人就參加出遊組這樣。」

「真的很自由呢。」

津森佩服地說，山崎對她笑道：

「活動內容沒有限制，不過放鬆會的費用是自費。水珠會主辦的只有例會和講師會，其他活動則是由會員自己湊錢安排。」

原來如此，美晴想。也就是說，放鬆會是各會員自行負責。美晴恍然地點著頭，旁邊的津森開口：

「那例會和講師會是怎樣的呢？」

「例會會租借市民中心的空間，所有的人聚在一起，報告近況。」

「不用擔心，不是多嚴肅的聚會。就是大家用三言兩語，大略報告一下上個月的狀況。」

「對，主要是分享資訊，解決問題。我們家遇到這種狀況、我們遇到這類困難，像這樣簡單報告就行了。問題的部分，就集思廣益提供建議之類的。可以在問題惡化之前設法解決。」

「那講師會呢？」

「顧名思義，會請講師來分享訊息。很有幫助喔。」

「把它想成講習會就行了。目的是請各領域的專家分享關於變異者的寶貴經驗，增加對這種疾病和變異者的認識。」

聽著聽著，美晴似乎可以想像互助會的方向和目的了。她對這類家屬互助會沒有太多知識，但是以個人設立經營的組織來說，她覺得規畫得很周全。

「有什麼問題嗎？」

春町問，美晴正要搖頭，津森微微舉手發言：

「那我想請問，下星期的放鬆會要怎麼參加呢？」

說的也是——美晴發現自己的疏忽。她望過去準備聽答案，春町把眼睛瞇得像狐狸似地笑道：

「本來是要挑選自己想要參加的組別，向幹事報名。不過既然如此，妳們都來參加我這組吧。」

「是什麼組？」

「這次我企畫的只是普通的飯局。比起突然要和不認識的人去唱歌或出遊，門檻低多了對吧？我覺得不錯。」

津森看向美晴，就像在問：「怎麼辦？」她的臉上浮現有些為難的曖昧笑容。

美晴有些猶豫，但她覺得就像春町說的，第一次參加的話，從吃飯開始應該不錯，所以點了點頭，津森也確定地向她點頭。

「好，那我要參加。」

「咦，真的嗎？太開心了。」

春町爽朗地笑了。

「那費用跟細節，我會晚點再一起聯絡。」

「我的聯絡方式——」

「啊，沒關係。」春町輕輕揮手婉拒。「我晚點再看名冊資料。」

聽到這話，津森合起原本已經張開要回答的嘴巴。她停頓了片刻，像在思考什麼，然後站了起來。

「那我差不多該走了。」

「已經要走了嗎？」

春町一臉惋惜。

「這孩子不習慣外出。」

津森將肩揹包拉過去應道。

「呃，那我也差不多該告辭了。」

美晴也跟著站了起來。

「下星期再麻煩了。」

「好。」春町回應，山崎站起來頷首。兩人沒有特別被挽留，離開會客區，從拖鞋換回自己的鞋子，離開事務所。

門一關上，津森立刻「哈……」了一聲，露骨地大嘆一口氣。

「總算可以喘口氣了。」

美晴納悶地眨眼，津森對她微笑：

「美晴姊，對吧？」

「……呃，對。」

對方突然親密地喊她的名字，把美晴嚇了一跳，津森眼睛朝上望著她，就像在察言觀色：

「我家離這裡只有一站。如果有空，要不要過來坐坐？」

「……咦，方便嗎？」

「嗯，非常歡迎。」

雖然這邀約非常突然，但美晴並不覺得反感。美晴也對津森很感興趣，因此沒有理由拒絕，反而很想和她再多談談。

3

津森家就像她說的，搭電車經過一站後，就在走路五分鐘的範圍內。是面對國道、大門有全自動鎖的公寓十樓。坐北朝南，日照良好。

「不好意思，家裡有點亂。」

津森說著，匆忙收拾桌上的各種傳單。她說有點亂，但室內大致上收拾得很整潔。

像美晴的家，即使自認為很乾淨，但也許是因為東西太多，免不了亂糟糟的印象。但津森可能擅長收納，整個住處顯得相當清爽，不太有日常生活的雜亂感。家具和小物的色調也都很一致，品味出眾。

「我先生一個人調派到外地工作，現在我跟女兒兩個人住。」

津森放下包包，打開拉鍊，紗彩立刻從裡面跳出來，一溜煙往前衝。她對著客廳旁邊的房間門，前腳做出挖掘的動作。津森打開拉門，紗彩立刻跳進裡面。

「請坐。美晴姊喜歡紅茶嗎？」

「嗯。」

美晴回答，也開始擔心起優一了。

她在沙發坐下，瞥了在廚房泡茶的津森一眼，悄悄打開拉鍊，觀察裡面。

小優？她輕聲呼喚，當然沒有回應。優一縮在包包裡，一動也不動。他原本就不怎麼活動，像這樣一看，讓人擔心起他該不會死了吧？

「請。」

津森準備了蘋果紅茶和磅蛋糕，在美晴斜對面坐下來。

「待在包包裡面不會很悶嗎？」

津森指著優一說。

「可以放出來沒關係。」
「可是……」
美晴遲疑。在剛認識的人家裡把優一放出來，讓她有些擔心。
「他很內向，也許會害怕，不敢出來……」
「那就把拉鍊開著好了。這樣如果他想出來，隨時都可以出來。」
美晴點點頭，在津森同意下，把包包放在優一平常喜歡待的房間角落，再次坐回沙發。
「那是妳兒子嗎？還是女兒？」
「是兒子，叫優一。」
「優一。他很乖呢。幾歲？」
「二十二。」
「咦，二十二歲啊。」
津森有些睜圓了眼睛說。
「我女兒二十歲，那年紀很近呢。」
「二十歲？」
美晴覺得不太對勁而反問，也許是聲音裡透出訝異，津森苦笑。
「對，是我十六歲的時候生的。」
「十六——」
美晴忍不住張大了眼睛，津森表情有些尷尬。

「年輕不懂事啊。奉子成婚，又還在念書……對方那時候十九歲，是大學生。我們不顧父母大力反對結了婚，結果兩年就離了。對方好像在外頭花心，果然還是不想這麼年輕就被綁住吧。」

「原來是這樣啊……」

「不好意思突然說這些。」

「哪裡，我才是，問這種私人問題……」

「沒事的。而且現在我再婚了。」

津森滿不在乎地說出有些複雜的內情後，露出笑容。美晴猜想她應該是個個性開放的人。

「優一是什麼時候變異的？」

「呃，大概兩星期前吧……」

「那是才最近的事呢。」

「妳們家的……紗彩呢？」

「我們家的是三個多月前了。那時候我先生剛好去國外出差，忙東忙西的，時間一下就過去了。」

三個多月前——美晴在腦中反芻這句話。都過了這麼久，才總算下定決心加入家屬互助會嗎？或者只是單純沒有機會而已？

「變成這樣……果然還是會很不知所措呢。」

美晴說，津森聞言苦笑。

「是啊。雖然我知道這種病，但完全沒想到會發生在自己女兒身上……第一個月我都快得憂鬱症了，都丟給我婆婆照顧。」

津森看著紅茶的表面，說她因為打擊太大，不管是家事還是其他事，什麼事情都沒辦法做。

「紗彩這孩子本來就有點難搞，變異以後，脾氣變得更差，而且很凶暴，教人沒轍。」

津森說著，挽起袖子，手臂上一清二楚地留下好幾道人類的齒痕。

「她會咬妳嗎？」

津森點點頭，束手無策地垂下眉毛。

「就算咬得再凶，頂多就是流點血，自己會好，可是還是很痛。」

紗彩的臉是人臉，嘴巴和牙齒應該也維持著人的形態。與真的狗比起來，沒有利牙，或許可以放心一些。不過光是想像，就覺得詭異極了。

「我先生一個人在外地工作，我完全不知道該怎麼辦才好……可是我總算下定決心了。不管怎麼樣，我都要和這孩子過下去。所以我才開始到處查資料，找到了水珠會……」

說到這裡，津森的表情沉了下來。

「美晴姊，老實說，妳覺得水珠會怎麼樣？」

「咦？」

這唐突的問題讓美晴睜圓了眼睛，津森有些難以啟齒地說：

「我是可以感覺到理想，或是她們想要的樣貌，可是怎麼說，看不到具體的目標。我好像看不到她們想要追求的終極目標。雖然現在還只有聽到說明而已，沒有實際參加活動，也不能說了解一切……」

對於只知道佩服的美晴來說，這番觀點令她感到意外。先前聽到會員數目時，兩人的感受也完全相反，看來美晴和津森的觀點在某些地方是南轅北轍。

「我倒覺得以私人經營的團體來說，考慮得滿周全的。山崎太太也說，這是協助變異者的家屬往前走的團體……所以我想每個人的目標應該都不同吧。比起所有的人都往同一個目標邁進，它的目的更應該是讓每個人得到最好的建議，並且去實行吧。」

「是嗎？」

但津森的表情似乎有些難以信服。

「還有，我總覺得不是很喜歡那個叫春町的太太。」

聽到這話，美晴也不禁苦笑。

「也沒有什麼特別的理由，可是就是覺得合不來。」

「不過她應該也不是什麼壞人吧。」

「誰知道呢？我這人常會憑直覺來決定好惡。不管是好人還是壞人，不喜歡的人就是不喜歡。」

可是——津森又補充說。

「美晴姊的話，總覺得可以跟妳變成好朋友。所以光是可以認識妳，我就覺得是個很棒的收穫了。」

「真的嗎？」美晴忍不住笑了，有些打趣地說：「這話太讓人開心了，我都有些怦然心動起來了。」

「我是真心這麼想的。」

津森笑著回答，美晴看著她，端起杯子喝茶。

被人這樣示好，感覺並不壞，而且其實美晴對津森也有類似的感覺。

「我也覺得跟妳的話，或許可以變成好朋友。」

「咦，真的嗎？」津森喜上眉梢地笑了。「那，我們就變成好朋友吧！」

歡欣地這麼說的津森讓人覺得很可愛。年紀相差二十歲左右的她，感覺就像自己的女兒。

「如果妳不嫌棄的話。以後還請多多指教。」美晴說。

「好的，我才是。對了，請不要對我用敬語了，像平常那樣說話就行了，要不然怪不自在的。」

「這樣嗎？那我就恭敬不如從命了。」

兩人的對話讓美晴有種青澀的感覺。這時津森輕嘆了一口氣說：

「我沒有同齡的朋友，女兒變異以後，跟人往來的機會更少了，所以可以認識美晴姊，真是太好了。我覺得好安心。」

「我也是。可以跟有相同遭遇的人變成朋友，一起討論，感覺就像有了依靠。」

美晴笑著回道，津森忽然想起來似地說：

「剛才聽到放鬆會的事，我覺得有點可怕。」
「可怕？」
「因為感覺一定有小圈圈嘛。我覺得一定都是同樣的幾個人在參加。參加哪個幹事的哪個組，感覺一定有很多眉角。真討厭，我最討厭小圈圈了。」
確實，美晴也有同感。
很多事情都是津森說了她才注意到。若說是美晴太遲鈍，津森很敏銳，或許也是如此，但看來津森這個人相當聰慧。
「下星期要參加春町太太主辦的飯局，所以這樣下去，我們也會變成她那一派的嗎？」
「春町派喔，有點那個耶……美晴姊，下下星期我們也去參加其他組別看看吧！」
「好啊。」
美晴笑著回答。

與朋友變得疏遠，這一點美晴也是一樣的。兩人漫無邊際地閒聊，注意到的時候，居然已經五點多了。
「糟糕，我說好傍晚前要回去的。」
美晴想起動夫，急忙站起來。兩人聊得正開心，所以格外依依不捨，但不回家不行。
「最近再約個時間見面吧。」
「好，我再聯絡。」

美晴應著，拎起包包，發現裡面是空的。
「小優？」
她呼喚，東張西望，卻沒看到兒子。
「怎麼了？」
「對不起，我兒子好像不知道什麼時候跑出來了。」
兩人在家具後方和隙縫間找了一陣子，津森「啊」了一聲，好像看到了什麼。
「美晴姊，是不是那個？」
津森打開原本半開的拉門，指著現在充當紗彩房間的和室角落。探頭一看，優一就在那裡，與座墊上的紗彩拉開一段距離，就像在彼此互瞪，一動也不動。
「小優！」
美晴衝過去把優一包進袋子裡。和出門的時候不同，優一沒有反抗。
「紗彩，妳沒有欺負人家吧？」津森說，表情有些擔心。「優一有沒有受傷？」
「沒事。」美晴答道，過了一會兒才又開口：「妳沒有被我兒子嚇到嗎？」
津森愣了一下，就像不懂這個問題的意思。
「我是第一次看到我女兒以外的變異者。每個人模樣都不同呢。」
津森說著眨了眨眼，忽然笑了。
「要說嚇到，我想每個人都會嚇到吧。我女兒也是，只有臉是人，妳第一次看到的時候，心裡有沒有『咦』了一下？」

聽到津森的話，紗彩耳朵動了一下，瞪也似地瞥了她一眼，然後又若無其事地恢復原本的姿勢。

「怎麼會變成這種模樣呢？這種病真是太神祕了……不過關於外表，也只能去習慣了吧。」

是啊——美晴在內心呢喃，告訴自己：

異形——外表就是異形，所以第一次看到的時候，每個人都一定會嚇得退避三舍。即便是至親也一樣。這是很正常的。

4

交到一個有相同煩惱的朋友。說起來就只是這樣而已，但美晴樂不可支。

看到腳步輕盈地回家的美晴，勳夫皺眉：「怎麼這麼晚？」但美晴心情好到完全不在乎他的牢騷。

「我馬上煮飯。」

勳夫訝異地瞥了美晴一眼，似乎有話想說，但又繼續去看電視了。

——勳夫基本上總是漠不關心。

譬如美晴去剪了頭髮，勳夫也不會有任何反應。換了味噌湯的味噌或高湯、挑戰新食譜，他也不會說什麼。不過不合胃口的時候就會挑剔。他就是這種丈夫。

假日幾乎都是看電視或睡覺，沒有需要外出的休閒嗜好，也沒有朋友。不賭是很好，但經常大白天就邊看棒球賽轉播邊喝啤酒，所以酒錢開銷不算少。美晴雖然不滿，但生活費還算有點餘裕，因此她也不會嘮叨什麼。

——津森她們家，是丈夫一個人去外地工作。

美晴一邊炸蝦子，一邊偷瞄動夫的背影。

——哪像我們家，兩年後就退休了，之後就會一直待在家裡……

別想了——美晴輕輕搖頭。難得心情這麼好，她不願意去想些沮喪的事。

「小優，吃飯了。」

美晴把煮飯剩下的高麗菜拿給優一，他像平常那樣慢慢地吃了起來。把他帶出去大半天，但他似乎沒有疲累的樣子，美晴稍微放下心來。

兒子自從變成繭居族以後，除非必要，否則都不會外出。但以後美晴可以帶他出門。即使是用強迫的，只要讓他習慣，是不是就不會抗拒外出了？雖然不太可能在大庭廣眾之中把他放出來，但是在津森家的話，可以自由走動。而且雖然類型不同，津森家也有紗彩，或許他們兩個變異者可以進行某些互動。

美晴覺得前進了一步。

她帶著滿足感，享受晚飯。

「一個人去外地工作的話，都不會回家嗎？」

美晴再次拜訪津森家，邊吃茶點邊繼續前些日子的話題。

「一星期最多只能回來一次。如果太常回來，很花交通費，也太累了。」

「說的也是呢。」

「有時候我也會去他住的地方幫忙打掃。那裡是租的，必須保持清潔，不過他自己好像沒什麼時間打掃。」

美晴一邊附和，無意識地想到自己的丈夫。

勳夫在不需要外調的公司工作。剛結婚的時候，她覺得這是個很有吸引力的條件。……然而如今回想，她也覺得丈夫一個人去外地工作或許也不錯。

「他本來就在各地調來調去，但女兒變異以後，還是一樣不在家……實在讓人很不安。美晴姊的先生都在家對吧？」

「可是我家那位很糟糕，完全不會幫忙，只會抱怨，而且他很討厭他兒子。」

美晴眉頭深鎖地說。

——這時候的優一正躲在房間角落的包包裡。就和前些日子一樣，包包拉鍊打開，擱在房間角落，這樣優一想出來的時候就可以出來。

優一在裡面屏息觀察了一陣子，慢慢地探出頭來，左右轉了轉，就像在確定周圍是否安全，然後小心翼翼地爬到木板地上。

「他真的很過分，說什麼兒子已經死了，快點把那隻蟲丟了。不覺得很冷血嗎？」

「咦？好無情喔。」

「沒錯，真的很無情。」

優一慢慢地爬過地板，往和室前進。和室的拉門總是半開，讓紗彩可以自由進出。

「仔細想想，我先生對兒子總是很嚴厲……我兒子變成繭居族以後，他幾乎是把他當成累贅，一看到他就露骨地擺臭臉。可是我沒想到他居然厭惡兒子到這種地步，一變異就說要把他丟掉。」

優一左右擺著頭，才剛踏進和室一步，裡面立刻衝來一團白色的毛球。

優一的頭被毛球的前腳一腳踏住，發出「嘰」的擠壓聲響。

「妳兒子本來是繭居族嗎？」

「對……已經快五年了。他高中輟學，後來就一直在家。」

「高中輟學啊……妳一定很難過。」

「真的難過死了。」

優一被按住頭，長長的腳掙扎著在榻榻米上划來划去，力道卻非常輕微，爪子甚至勾不住榻榻米，完全無法形成抵抗。

「我現在有時候還是會想，如果我兒子好好從高中畢業，現在會是什麼樣？那樣的話，他是不是就不會變異了？這類的。會忍不住去想些想了也沒用的事呢。」

這些腳究竟有什麼用處？如果優一不是異形，只是一般的蟲，腳應該可以用來攀住植物的莖。但相較於身體的尺寸，優一的腳實在太脆弱了，不可能支撐住全身。

——昆蟲的身體可以分為頭部、胸部和腹部三個部分。成蟲的話，一般都是胸部有三對腳，但幼蟲時期有胸腳、腹腳和尾腳，其中腹腳和尾腳會在蛻變為成蟲的過程中消失。

一般毛蟲的腹腳是四對到七對，但優一除了細長的兩對胸腳，底下的每個體節都長著許多蜈蚣般的腳。不是成對，而是每個體節不規則地長了一到五根的腳。更進一步說，那些並不是腳，而是人類的手指，而且只有指頭到第二關節。

毛蟲可以利用腹腳上的許多小尖爪攀在植物的莖上，但優一只有不完全的手指，既無法爬樹，也不可能爬上牆壁。

都說生物具備的造型，是適應地球環境的最佳樣貌，但異形似乎不在此限。無用的多餘腹腳也好、無力的胸腳也罷，那模樣完全不利於在自然界存活。就彷彿是以自滅為目標的進化樣態。

「其實我女兒也沒有上高中。她說她想去上美甲專門學校，結果沒去考高中。」

「……呃，不好意思，美甲是什麼？」

「美晴姊沒有給人做過指甲嗎？就是指甲彩繪那些。喏，這種的。」

「啊，這叫指甲彩繪啊。我可能聽過。很可愛、很漂亮耶。真棒。」

「不過美甲也有很多種，除了基礎知識和技術以外，好像還要求設計天分、繪畫天分這些。……結果我女兒好像不適合，讀到一半就不讀了。」

「真的嗎？太可惜了。」

優一沙沙沙地動著下顎。一會兒後，紗彩的前腳放開了優一的頭，卻呲牙裂嘴，似要發出吼叫。她好像對優一全面戒備。

優一慢吞吞地轉動身體，沿著牆邊的家具，移動到角落去。

沙沙。

他動著下顎，似在辯解。紗彩依舊呲牙裂嘴地瞪著他。

「呃，如果這個問題冒犯到美晴姊，我先道歉。不是都說這種病只有繭居族才會得嗎？」

「嗯，是啊。沒關係，我不在意，妳繼續問吧。」

「……但我女兒並不是這樣。她算是打工族，但並不是尼特族，可是卻像這樣變異了，實在讓人想不透呢。」

「是這樣啊……」

「也有人說只有社會邊緣人才會得這種病，但我也覺得，或許只是這種處境的人現在很多而已，其實每個人都有可能得病。」

紗彩瞪了優一片刻，沒多久便低頭看楊楊米，前腳在原地蹬了幾下，接著鼻子哼了一聲，再次瞪住優一。

優一搖動觸角回看紗彩。那雙觸角動啊動的，就像在分析現在究竟是什麼狀況，下顎沙沙地動著。

「山崎太太也這樣說。她說現在雖然只有特定族群發病，但也許原本每個人都有可能得到這種病。」

「那樣的話，就得盡快找到治療方法，找出解決之道呢。人都變成異形了，我實在不懂政府怎麼能這麼悠哉。結果對他們來說，都是事不關己。」

「就是啊……」

「他們打算等到火燒到自己的屁股再來行動。明明那樣就太遲了。居然放任這麼嚴重的社會問題不管。如果哪個候選人的政見是要解決這種病，我一定會把票投給他。」

「不過我想政府應該也不是完全不管吧。呃……雖然沒有根據，不過聽說為變異者提供服務的機關不是慢慢增加了嗎？」

「好像呢。不過目前也不清楚有哪些機關、在哪些情況可以利用。」

紗彩回到座墊這個特等座，趴了下來，優一看著她，慢慢地前進。一小步一小步、躡手躡腳地靠近她。

緩步前進的優一，頭就要超過榻榻米邊緣的瞬間，紗彩突然抬頭，再次露出呲牙裂嘴的威嚇表情。優一驚訝地後退。紗彩見狀停止威嚇，像原來那樣趴了回去。

沙沙，優一動了動下顎，趴了下去。仔細一看，優一要去的地方，是紗彩先前蹬腳的位置。

他再次前進，又快要超過榻榻米的時候，紗彩抬頭「嗚嗚嗚」地低吼。優一害怕地後退，她便立刻停止威嚇。

優一的觸角無力地垂了下來。他繼續後退，靠到牆邊，發出細微的「咻」的一聲，蜷成了一團。

「這麼說來，我也不清楚。雖然查一下或許可以找到什麼……」美晴說。

「就是啊。電視上的特別節目什麼的，都只會報導變異者的外觀有多恐怖、這種病有多可怕、照顧起來有多辛苦，可是這些根本不需要。讓棚內來賓看刻意剪接的影片，播出他們誇張的反應，真的很無聊。比起這些，介紹有用的機關服務、提出問題之類的，更有幫助多了。」

「嗯，就是說啊，我完全同意。」

「那些人就像隔岸觀火，把它當成娛樂，就像是坐在馬戲團觀眾席最高、最安全的地方，看底下的老虎表演。」

「咦，好有趣的比喻。」

「喂，美晴姊，這可不是什麼好笑的事。」

美晴安撫津森，淡淡地苦笑。她不是不能理解津森的話，但就是忍不住要做出調侃的反應。

——感受性豐富，是年輕的證據。

她忍不住興起這種達觀的想法。

一般都說，人年紀愈大，就會變得愈圓融，事實上也確實如此。隨著年紀增長，就會變得愈來愈寬容，非常奇妙。說難聽是認命，說好聽也可以視為領悟。

美晴年輕的時候也相當憤世嫉俗。這種傾向最顯著的應該是十幾歲的青少年，他們因為無法容忍社會上的曖昧模糊，而且感性銳利，因而不由自主地傷害周圍和自己。然後在不斷衝突的過程中，逐漸磨掉一部分的稜角。

津森現在三十五歲左右，在美晴看來還很年輕。她應該還有滿腔熱血，對許多事情感到質疑，也有理想吧。這總教人羨慕不已。

每當自覺變得保守，美晴就感到自己老了。但另一方面，她也覺得這是人自然的變化。

「我想以後應該可以得到有用的資訊。聚餐日是星期五對吧？」美晴說。

「我實在不太起勁……」

「別這樣嘛，實際參加，搞不好意外有趣喔。」

「會嗎？」

和津森聊天，時間總是一下子就過去了。美晴相當不捨，但到了傍晚時分，她就非走不可了。

「小優，我們回家囉。」

美晴出聲叫優一。優一和第一次來津森家時一樣，和紗彩保持距離，在角落縮成一團。

——他們兩個都不理對方呢。就沒辦法稍微親近一下嗎？

美晴想著，將優一收進袋子裡，離開津森家。

5

美晴和津森第一次參加的放鬆會——春町主辦的聚餐，於正午過後在某家餐廳舉行。

桌子裡面，從外側看過去的左邊坐著春町，旁邊坐著三名婦人，靠外面的最左邊是一名男子，接著是美晴，最後是津森，總共七名。

「都到齊了呢。那開始之前，我先來介紹一下上星期剛加入水珠會的新會員。」春町說，先指著美晴說：「這位是田無美晴太太，旁邊的是津森乃乃香太太。」

請多指教——兩人頷首寒暄。

「田無太太、津森太太，我來依序介紹。這邊的是笹山太太、米村太太、鈴原太太，然後這位是這組唯一的男性，寺田先生。」

參加的人看起來幾乎都是四十多歲。春町看不太出年紀，但這裡面津森應該是最年輕的，美晴是最年長的。

「田無太太、津森太太，兩位好。一開始可能有許多不懂的地方，會感到不安，不過請不要客氣，有問題都可以找我們商量。」

「對對對，不要太緊張，放輕鬆吧！」

笹山和米村滿臉堆笑地說，鈴原則是內斂地笑。

「好，那我們邊吃飯邊聊吧！」

春町說，剛好套餐送上桌來，餐會開始了。

「欸，田無太太家有幾個小孩？」

笹山以充滿好奇的眼神問。

「就一個兒子。」

「那，是那個兒子變異了嗎？」

「對。」

「幾歲？」
「二十二歲。」
「哎呀，這樣啊。」
這樣的問答，往後一定不知道要重複多少次。每次都要逐一回答實在有些累人，但就類似一種洗禮。津森也被問到一樣的問題，說明紗彩的情況。
「唯一的一個孩子變異，實在讓人很難過呢。」
笹山嘆息著說。春町聞言，邊切牛排邊插嘴道：
「笹山太太家有兩個孩子對吧？」
「對。我記得妳們家有三個是嗎？米村太太和鈴原太太也跟我們家一樣是兩個嗎？」
「我們家跟笹山太太家一樣，哥哥和妹妹。鈴原太太家兩個都是男的嗎？」米村說。
「嗯，對。」
鈴原寡言地點點頭，寺田忽然插話說：
「我們家也是獨子。」
「咦？」笹山驚訝地看寺田。「寺田先生家也是獨子嗎？」
「對，就一個兒子。」
「那跟田無太太家一樣呢。」
春町說，美晴也看向旁邊的寺田。對望的時候，寺田微微行禮，美晴也回視致意。寺田看上去個性溫和。也許是因為看慣了勳夫的臭臉，美晴覺得寺田這個人斯文有禮。

「對了，笹山太太，妳家愛菜後來還好嗎？」
「也沒什麼好不好的。對方父母好像大力反對，婚事可能會延期。」
被米村問到近況，笹山開始發起牢騷，春町和寺田也聊了起來。他們都在聊家裡的事，不清楚人際關係的美晴和津森難以插口。
津森向美晴擠擠眼，美晴困惑地微笑，吃起沙拉。
「請問，鈴原太太家變異的是哥哥還是弟弟？」
津森攀談問，鈴原有些驚訝地睜圓了眼睛，接著視線飄移才答道：
「是弟弟。」
「這樣啊。」
「嗯……」
鈴原略顯驚慌地垂下目光，低頭像在專心吃東西。津森對著沉默地慢慢吃菜的鈴原看了片刻，再次看向美晴。
美晴也不擅社交，若要說的話，算是有些怕生的。
——這種氣氛，我不是很喜歡。
因為太在乎周圍的反應，餐點也變得食不知味了。
「對了，兩位有沒有遇到什麼困難？」
春町忽然想起來似地說，現場的對話頓時中斷了。所有的視線都集中在兩人身上，美晴窮於回答。

「應該有什麼問題吧?或許我們幫得上忙，要不要說說看?」

就算突然這麼問，美晴也腦袋一片空白。她當然有困難，但說到可以向別人傾吐的困難，她一時不知道要說什麼。

——煩惱。優一的事。袖手旁觀的丈夫。優一的往後。一家子的未來。該怎麼辦?應該做什麼?對將來模糊的不安。還有……

「這只是假設……」

結果津森率先開口了。

「如果變異者受傷還是生病，大家都怎麼做?」

聽到這個問題，笹山露出沉思的樣子。

「這個嘛，我們家的現在都很好，所以我完全沒有想過這個問題耶。」

「我也跟笹山太太一樣。」

「我們家的本來就不怎麼動，所以老實說，看不太出來是不是健康。」

「不怎麼動?怎麼說?」

寺田的話讓津森表示疑惑，寺田苦笑：

「喔，我兒子幾乎就跟植物一樣。怎麼說，就像一棵樹，或者根本就是樹……」

「樹?」

美晴聽了也吃驚地反問。

「應該也不是樹吧。還是觀葉植物?葉子像這樣張開，就像椰子樹……不過長出來的不是葉子，而是手和手指……」

美晴在腦中想像，浮現一個奇形怪狀的物體。取代葉子，生長著某些人體部位的觀葉植物型的異形。想像它靜靜地佇立在房間的模樣，美晴感到如坐針氈。

「那平常都怎麼照顧呢？他都吃些什麼？」

津森問，寺田苦笑說：

「我把他放在日照良好的地方，澆水施肥，就跟觀葉植物一樣照顧。目前好像還可以，但我也不知道這樣照顧是不是對的。」

「很困難呢。我家的幾乎就像狗，可以看出她的感受、她想要什麼，這樣想想，照顧起來簡單多了。」

「真好，真希望我兒子也變成動物型的。」

寺田打從心底羨慕地說，美晴也尋思起來。

她覺得變異後的優一很難懂，但看來人外有人、天外有天。

變成異形時，會如何變異，是根據個體的性格嗎？如果優一在變異以前就不喜歡和美晴還有動夫交流，所以才會變成那種形態，這表示寺田的兒子比優一更要內向封閉嗎？……這都只是推測而已。

「醫療機關的話，我知道不錯的地方。」

春町用紙巾擦著嘴，得意洋洋地說。

「新町那裡有一家醫院，大概一年前開的，專門看變異者。那裡的醫生本來是獸醫，所以動物型的變異者去那裡看診應該不錯。」

那麼紗彩應該可以——美晴這麼想，看向津森。

「咦，真的嗎？」但津森臉上是不鹹不淡的平板笑容。「春町太太有帶去看過嗎？」

「我們家是沒有……不過說到離這裡最近、最多人去看的醫療機關，就是那裡了。櫻井醫院。」

美晴一邊喝水，一邊思考優一的狀況。

如果優一受傷，或是不舒服，要向什麼地方求助才好？

她沒聽說過有治療蟲的醫院。動物有獸醫，但有專門看蟲的醫生嗎？

「其他還有什麼變異者的服務機關嗎？」

津森嘴邊依然帶著笑，看著春町問。那態度看起來也像是在估量對方。

「嗯，有日間照護中心、臨時照護所，跟安養院之類的地方。」

春町回視著津森說。笹山和米村再次自顧自地交頭接耳，鈴原還是一樣默默吃東西。

「日間照護中心不過夜，白天可以送去那裡照顧，或是和其他變異者交流。臨時照護所簡單地說，就類似托兒所或幼兒園，可以幫忙照顧白天的幾小時。然後安養院就是住進那裡，全部交給那裡照顧。」

「很多人會去嗎？」

「嗯，滿多的。」春町交握手指。「也要看類型，不過變異以後，每天照顧起來負擔很大不是嗎？所以安養院很搶手。臨時照護所和日間照護中心跟安養院比起來，好像比較乏人問津。不過安養院有名額限制和審查，而且要花不少錢，門檻有點高。」

「這樣啊……其他還有什麼嗎？」

「其他嗎？好像還有一些零碎的服務，不過剩下來的就……」

春町暫時打住，就像在尋思什麼，接著才又開口：

「也不算專門機關，不過就是衛生所吧。」

衛生所——津森有些驚詫地複誦說，美晴也微微倒抽了一口氣。

「就像把貓狗送去那樣。生活衛生課好像一樣會收。不過跟貓狗不同，幾乎不可能被人認養，所以最後……」

春町含糊其詞，然後沉默了。美晴眨著眼睛，滿臉困惑地問：

「那裡也很多人會去嗎？」

春町擰緊眉頭，表情痛苦地說：

「好像滿多的。像是一些已經無力照顧，但又沒錢送去安養院或其他機構照顧的人……還有其他各種理由，聽說不少人會送去。」

「怎麼這樣……」

津森驚愕地說。美晴也深深嘆息。

以前勳夫也說過要把優一送去衛生所。當時美晴以為勳夫只是在開惡劣的玩笑，但原來是認真的。

勳夫應該知道衛生所有收容變異者的業務。她不知道勳夫是事前查過了，還是聽別人說的，但他肯定知道被送去衛生所的變異者最後會是什麼下場，而要求這麼做。

動夫說，變異者沒有人權，也沒有法律保障，要怎麼處理都是自由的。還說就算把孩子送去衛生所處死，也沒有人會譴責。但他是從哪裡得到這種自信的？是因為他的周遭真的有人這麼做嗎？這表示有許多父母都把變異者丟到衛生所去嗎？明明有那麼多人染病，在街上卻看不到半個變異者，不是因為他們都躲起來了，而是因為有一大部分都被處理掉了嗎？

想著想著，美晴發現自己正全身微微顫抖。

「可是水珠會會成立，就是希望避免變異者遭遇這種悲慘的下場。」

春町聲音開朗地說，美晴抬起低下去的頭。

「我真的覺得伊都子很令人敬佩。我很尊敬她。她富有人道精神，擁有非凡的情操。光是不顧世人冰冷的眼光成立這種團體，就非常厲害了。所以我每個月都有捐錢。」

「……捐錢？」

津森訝異地問。美晴旁邊的寺田默默地捲著義大利麵。

「對，捐錢。水珠會不收會費，但開放捐款。要不要捐款都是個人自由，捐多少也隨意，都看會員的好意。不過像是租場地辦例會、請講師分享，這些都要花錢。這些錢都是伊都子自掏腰包，但我認為為了持續進行更好的活動，讓這個會維持下去，還是需要一筆資金。」

笹山和米村自顧自聊自己的，鈴原低著頭。

「當然，這並不強制。捐款是自由的，不過妳們可以考慮看看。只是，如果發現水珠會對自己有幫助，應該就會想要捐個錢表達感謝，所以我說這些是多餘的啦。」

美晴和津森靜靜地對望。

甜點送上桌，套餐近尾聲了。

6

隔週美晴和津森決定參加春町以外的其他小組。

春町安排了兩天一夜的小旅行，邀她們一起去，但兩人婉拒，說想看看其他組的活動。春町說很遺憾，但也沒有挽留，反應意外地平淡。

兩人參加的是一名姓石井的婦人當幹事的小組。

這天的活動是採櫻桃。坐巴士前往當地果園，一邊聊天一邊採果。眾人前往的果園沒有時間限制，因此可以依自己的速度，盡情享受採櫻桃的樂趣。

「好久沒採水果了。」

津森環顧果園，開心地說。

「我也是。只有很久很久以前，去採過一次梨子而已。」

「採梨子嗎？真不錯。是全家一起去嗎？」

「對，我兒子讀小學的時候吧。」

美晴說著，回想起那段記憶。

優一小二的時候，暑假作業有「體驗採水果」的題目。不是老師出的功課，而是全國統一分發的作業本裡面的內容。

這個題目也不是非做不可，但美晴和勳夫討論以後，覺得應該留下暑假的回憶，便全家一起去採梨子。

美晴和優一都是第一次採水果。她記得看到擴展在頭頂的梨樹枝椏，還有上頭結滿的果實時，感動極了。

勳夫抱起不夠高的優一，讓他摘下梨子。美晴想起優一用小小的手拿著幾乎捧不住的大梨子，喊著「媽媽快看」，開心地跑過來的模樣。

年幼的兒子興奮得臉蛋潮紅，滿面笑容，雙手捧著梨子，眼睛閃閃發亮。美晴拿來刀子說要切來吃，他也搖頭不肯放手。他似乎很喜歡梨子圓滾滾的形狀，捨不得它被切開，拚命說吃掉太可惜了。

因為拗不過他，三人當場吃了幾顆美晴和勳夫採的梨子，把剩下的和優一採的帶回家了。

——結果直到最後優一都不肯吃它，放到壞掉，只好丟掉……

美晴總有些感傷地想。

——那個時候好幸福。

「怎麼樣？採了很多嗎？」

石井過來攀談。石井比身高一六〇公分的美晴還要矮上一顆頭，體型有些富態，年紀應該在四十五到五十五歲之間。

石井寬下巴的臉軟綿綿地笑著，面露親和的笑容。

「有沒有吃吃看？水分很多，很甜喔。這家果園種了三個品種的櫻桃，可以採到很多。」

「真的嗎？真不錯。」

「就是啊。那邊種的品種叫紅爽風，是偏黑色的櫻桃，非常甜喔。一定要吃吃看。」

石井說完，又去找在其他地方摘櫻桃的其他成員說話。她似乎像這樣和每個人聊上幾句。

共有十二名會員參加採櫻桃活動。人比上次春町主辦的餐會更多，但也沒有特別聚在一起，而是各自享受採果。

這些人即使聊天，也不會提到變異的家人。看起來也像是在刻意迴避這個話題。

「美晴姊，妳覺得怎麼樣？」

採櫻桃隔天，津森打電話來問。

「什麼怎麼樣？」

「水珠會啊。」津森簡短地回答：「採櫻桃是很好玩，會員之間也相處得很融洽，玩得很盡興。」

「嗯……」

「可是妳不覺得哪裡怪怪的嗎？」

唔……美晴輕聲低吟。……怪怪的？

津森很敏銳，所以可能注意到什麼，但美晴不太了解。

「怎麼樣怪怪的？」

美晴反問，結果這次換津森低吟起來，彷彿陷入沉思。

「有點難解釋，可是就是覺得有些不太對勁……」

「我覺得很普通啊。玩得盡興不就好了嗎？這不就是目的嗎？」

「也是啦……」

津森的聲音聽起來不太信服，美晴把話筒拿遠，免得被聽見，悄悄地嘆了一口氣。

美晴認為「水珠會」是個很不錯的團體。她對「水珠會」的宗旨和活動都沒有任何疑問，目前對它很滿意。

但津森不一樣。她似乎對「水珠會」有所不滿，但不知道是對組織的形態還是成員不滿。不過每次聽到她說這種話，就覺得好像被潑了冷水一樣，不是很舒服。

「我們也才參加過兩次而已啊，而且都是會員之間的交流會。正式活動是下星期和下下星期對吧？不管是不是覺得奇怪，先參加過全部的活動再說吧。反正又不用錢，全部體驗過之後，如果覺得不合，再退出就好了吧？」

「嗯……說的也是呢。」

沒有人強制參加。要不要繼續待下去，是個人的自由，即使津森說要退出「水珠會」，美晴也不打算挽留。但她覺得要下決定還太早了。雖然不會強求，但如果津森也在，美晴也比較安心。她希望津森不要太快下結論，最好可以仔細思考後再說。

優一還是過著一樣的生活。勳夫也一樣，依舊毫不掩飾地排斥兒子。隨著時間過去，家庭氣氛愈來愈緊繃，讓美晴的心情沉重極了。

她深切地覺得家屬互助會就是為了逃離這種每天的壓力而存在的。美晴需要「水珠會」。

七月的第一個星期天——月曆上的日子是七月的第二週——「水珠會」租借社福中心的會議室舉辦例會。加上美晴和津森，「水珠會」共有六十五名會員，但實際來參加的只有二十多名。

山崎望向每一位參加的會員，簡短致詞，接著請眾人依順時針次序逐一報告近況，第一個開口的是春町。

「我們家沒問題。健康狀況不錯，看起來沒什麼問題。只是天氣愈來愈熱，好像有點沒精神。」

「已經進入夏天了嘛。得小心避免中暑呢。」

山崎評論道，請下一個人發言。

「好簡短喔。」

津森小聲說，美晴也點點頭。接著開口的是美晴沒見過的婦人，和春町一樣說「沒問題」。

「我們家也沒問題。因為我兒子不會動，也沒什麼好報告的，不過我會小心避免讓他曬到太強的陽光。」

寺田這麼報告。他的兒子變得就像觀葉植物，似乎很難觀察出什麼變化。

「我們家也是……對，沒問題。跟上個月一樣。」

「我們家也沒什麼變化。沒問題。」

鈴原囁囁嚅嚅地報告後，換石井爽朗地說道。參加採櫻桃活動的人，每個人都異口同聲地說「沒問題」。

真的沒問題嗎？

美晴忍不住以懷疑的目光看向發言者。也許她們的問題都已經獲得解決，所以可以在例會上報告「沒問題」，這種狀況或許可以說是理想的，但美晴就是甩不掉質疑。

「我們家……」

笹山有些沉重地開口。

「跟上個月一樣，陷入膠著。」

「笹山太太上個月……我記得是因為孝宏的事，導致愛菜的婚事受到反對，是嗎？」

「對。」笹山一臉憔悴地點點頭。「跟對方鬧僵了……結果婚事告吹了。」

坐在笹山旁邊的米村一臉沉痛，彷彿感同身受。

「所以現在我女兒得了憂鬱症……她很沮喪，說這樣下去，就算有結婚的機會，也會因為孝宏的事而被拒絕。」

「妳們一定很傷心。」山崎同情地說：「這樣的結果真的很遺憾，但也只能期待遇到願意理解和支持的對象了。」

「可是那到底要等到什麼時候？我覺得應該還是要設法隱瞞到底。」
「不，這樣是不對的，笹山太太。」
山崎的語氣聽起來有些決絕，像是在激勵消極的笹山，也有種絕不放過惡行的嚴峻。
「即使愛菜隱瞞孝宏的事而結了婚，事情遲早還是會曝光。結婚是兩個家庭的結合，不可能永遠隱瞞下去。這次可以在實際步入禮堂前就了解到對方的看法，反而是一種運氣。如果婚後才發現對方無法接受，一定會很棘手。」
「可是……」
「對啊，我也覺得就像伊都子說的。愛菜是很可憐，可是這都是對方不好。她應該找個更善體人意的對象結婚。」
春町立刻插口說，笹山失望地垂下頭去。「可是……」笹山小聲喃喃，米村關懷地安慰她。
「關於這件事，有沒有什麼人能提供建議？」
山崎問，眾人面面相覷，但沒有人開口。
「雖然很令人難過，但社會上還是有許多人無法接受變異者，用偏見看待他們。我們必須與這種觀念對抗，但要改變世人的觀感，不是件容易的事，因此這並非一時半刻就可以解決的問題。除非有某些重大的契機，否則世人對變異者的成見應該不會改變，即使有所變化，或許也是緩慢的。對於這一點，也只能耐心面對，不要焦急。」
山崎帶著嘆息說。

「笹山太太現在一定很難受，不過就祈禱狀況一定會好轉，先等愛菜平靜下來吧！」

「好……」

笹山應聲，但看她那沉鬱的表情，顯然並無法接受這種答案。

山崎的話就像教科書上的文字，是模範生發言，滿口道德仁義。是理想論，或者說漂亮話。

美晴可以理解山崎的話，也覺得她說的沒錯，但同時也認為對於現在的笹山，這些話完全無法說進她的心坎。

對於遭遇難題、想要立刻解決的人，再也沒有比「時間會解決一切」這種話更空洞的建議了。即使這真的是有用的建言，對於正焦頭爛額的人來說，這種話不僅聽起來無用，而且容易引發反感。

——可是，這種家庭問題也不是別人可以插手干涉的。

美晴正這麼想，津森忽然拍她的肩膀：

「美晴姊，輪到妳了。」

好像不知不覺間輪到她報告了。美晴急忙挺直上半身。

「田無太太，因為妳是新加入的會員，可以請妳先自我介紹一下嗎？」

「好。我叫田無美晴，上個月第三週開始加入水珠會……」

美晴不知道該說什麼好，望向山崎，山崎對她回以溫和的笑容：

「可以簡單說明一下家庭成員和孩子的狀況嗎？」

「好。呃……我們家有三個人，我、丈夫和兒子，變異的是我兒子。」

「他叫優一對吧？他現在是什麼狀況、有什麼問題嗎？什麼都可以，說說妳的擔憂吧。」

「好。優一——我兒子，他個性很內向，從念書的時候就是個繭居族……變異以後，沒辦法回去自己的房間，幾乎都待在客廳。問題是……嗯，我先生很不喜歡兒子。」

「咦，是這樣嗎？」

「……他對兒子好像有很多意見。結果家裡的氣氛變得很沉重，讓我很煩惱。」

聽到美晴的話，山崎思索了一陣子，然後說：

「田無太太，如果可以，請妳先生一起來參加水珠會怎麼樣？」

「和我先生嗎？」

「對。為了加深理解，我認為一起參加是個好主意。下星期剛好是講師會。」

山崎微笑，美晴忍不住垂下目光。她覺得這是個好主意，但勳夫對「水珠會」抱持懷疑的態度，她覺得不太可能說服他一起參加。

「我也覺得不錯。一起參加活動，也可以了解一些事。」

春町也贊成說。

「是啊……」美晴露出苦笑般的複雜笑容。「我會跟外子提提看。」

事實上，環顧室內，也有夫妻一同參加的成員，但在場的幾乎都是女性——妻子。每個家庭狀況應該不同，像津森就是丈夫單身去外地工作，平常不在家。但就美晴看到的，她覺得一般都只有其中一邊來參加，夫妻一起參加的反而是特例。

勳夫不會答應的——美晴懷著近似放棄的心情想。感覺他會用一句「我才不要參加那種可疑的聚會」把她打發，甚至不知道願不願意聽她說明。勳夫這個人就是頑固、不肯改變想法。

「那麼下一位，津森太太。」

「好。我是津森乃乃香。我是和田無太太同一個時期入會的，從上個月第三個星期開始參加活動。我們家有我、外子和女兒三個人，但外子一個人在外地工作，平常只有我和女兒一起生活。」

津森就像平常一樣，流暢地說明。她沒有特別緊張的樣子，但表情比平常略為僵硬一些。

「說到煩惱……大概就是我女兒紗彩很叛逆，常常咬人、把住處弄亂吧。」

「妳說過她從以前脾氣就不是很好。」

「對。一點小事就能讓她不高興、發脾氣，也不太肯聽我的話。」

山崎點了一下頭：

「我想這也只能溫柔地包容了。變異以後，最為不安的應該還是變異者本人，會情緒不穩定也是難怪。請好好照顧她吧。」

「……謝謝。」

津森也一樣露出曖昧的笑容。

「欸，孩子的爸，你有空嗎？」
就寢前，美晴叫住正要鑽進被窩的勳夫。
「幹麼？」
「下個星期日，水珠會有講師會……」
不出所料，勳夫蹙起眉毛：
「妳說妳這陣子經常跑去的可疑聚會嗎？」
「幹麼這樣說？」
「我說錯了嗎？根本就像宗教，是毫無用處的活動。」
「孩子的爸。」美晴責怪地說，嘆了一口氣。「聽我說完。」
「不用聽我也知道。我才不要。」
勳夫厭煩地說，翻身背對美晴。
「不要什麼？」
「妳想叫我一起去參加那什麼講師會對不對？」
美晴撇下嘴角，盯著丈夫的背影。
被一語道破，她內心很複雜。她自以為沒那麼容易被人看出內心想法，勳夫會猜到，是因為他們已經是結縭多年的老夫老妻嗎？
「我不想跟那種地方扯上關係。別把我牽扯進去。」
勳夫冷漠地說完，拉起被子把自己蒙了進去。美晴無法再說什麼，只是嘆了一口氣，熄掉房間的燈。

她的感想只有兩個字：果然。事到如今，她也不覺得難過了。她對勳夫根本不抱期待，所以即使被拒絕，也不會感到受傷。

勳夫似乎完全不願意去體諒美晴的心情，不聽她說完，就驟下結論，結束話題。這樣根本無從談起。

美晴盯著天花板，沉浸在黯淡的情緒中。

她覺得實在看不到與勳夫攜手走下去的未來。

7

講師會請到的男講師，自稱是異形性突變症候群的研究員。他以知性的口吻說明這種疾病的來歷，以及目前已知的各種症狀，接著闡述起他對這種病的一套理論。

美晴在底下聽著，費盡辛苦才忍住沒去夢周公。因為講師滔滔不絕地演說的內容，有一大半都是他自己的假說，像是「在一夜之間將人體變成異形的惡魔般現象，究竟是什麼樣的機制」——全是美晴毫無興趣的內容。

講師演說得愈投入，美晴愈感到疏離。她想知道的根本不是這種事。木已成舟，疾病的原因是什麼都無所謂了，她希望把焦點放在該如何應對，以及往後該怎麼辦。

長達一小時的演講結束後，美晴感覺到的不是充實，而是疲憊。

「不太有幫助呢。」

津森似乎也有同感。

「是啊，聽得都有點累了。」

「對了，美晴姊，今天笹山太太好像沒有來呢。」

聽津森這麼一說，美晴環顧眾人正收拾準備回去的會場。

「好像真的沒來呢。是不是有什麼事所以缺席？」

「不過以單純缺席來說，有點奇怪。」

「奇怪？」

「妳看，米村太太跟春町太太親熱得詭異。」

循著津森的指示望去，春町和米村確實正親密地交談著。

「……這有什麼奇怪的嗎？」

「很奇怪啊。因為米村太太和笹山太太之前不是就像一對姊妹淘嗎？黏成那樣，應該都會彼此聯絡，問一下對方要不要參加下星期的講師會之類的。這類活動其實也是自由參加，如果笹山太太缺席，感覺米村太太也會一起缺席，卻只有米村太太一個人來了……」

美晴忍不住歪頭問道：

「妳是說，如果笹山太太不來，米村太太也會跟著不來嗎？會這樣嗎？又不是小女生了。」

「但也不能說沒這個可能吧？」

「可是……妳想太多了吧？」

美晴笑道，津森一臉嚴肅地搖搖頭：

「我很擔心笹山太太。之前的例會，幾乎所有的人都說『沒問題』，她卻說出了自己的煩惱不是嗎？而且雖然山崎太太給她建議，她也一副不滿的樣子，所以我就想，搞不好她以後不會再來了，結果今天真的沒看到她。」

「會不會是因為自己的生活很忙碌？」

「也許吧，但我猜她是不是退會了。」

「退會……」

「所以米村太太才會琵琶別抱，跑去親近春町太太。」

唔……美晴沉思起來。她覺得津森的猜測太跳躍了，但也可以理解。只是她也覺得就算笹山真的退會，米村開始親近春町，那又怎麼樣？如果津森和笹山她們原本就很要好，那另當別論，但就美晴所知，她們也沒有什麼特別的交情。

離開建築物以後，津森依然神色凝重，美晴很困惑，不知道該拿她怎麼辦才好。她和津森原本約好演講會後要一起去喝茶，但這種氣氛總教人提不起勁。

「我還是覺得這個會怪怪的……」

津森突然這麼說，美晴忍不住東張西望，怕被別人聽到。

「這次又怎麼了？」

「之前我不是跟美晴姊說過嗎？說我覺得水珠會怪怪的……。雖然無法明確地說出是哪裡怪，但就是耿耿於懷。就是讓人忍不住要去想……」

「就算妳這樣說……」

說到一半，美晴閉口了。因為她看見幾公尺前方有個在等紅燈的背影，是鈴原。

——鈴原很特別。她沉默寡言，也沒看過她跟任何人特別要好的樣子，但整體偏黑色的穿著，以及遮陽的長袖打扮異樣地惹人注目。或許是因為這樣，雖然打交道的次數不多，印象卻格外深刻，即使只看到背影，也立刻就認出她來了。

「或許妳有妳的想法吧。」美晴把聲音壓得更低。「進店裡以後再慢慢說吧。」

「可是我……」

津森說到一半，和美晴一樣注意到鈴原，暫時把話打住。然後她不知道在想什麼，竟對著那背影招呼：「鈴原太太！」旁邊的美晴嚇得瞪大了眼睛。

「我們想去喝個茶，妳要不要一起去？」

鈴原那張苦命的臉浮現驚訝的神色，眨了眨眼：

「我……嗎？」

「對，我一直很想跟妳聊聊。如果妳不嫌棄的話。」

津森笑咪咪地說，鈴原顯得不知所措，但猶豫之後點了點頭，一起往咖啡廳走去了。

「鈴原太太加入水珠會很久了嗎？」

津森啜飲了一口咖啡，向坐在對面的鈴原問。

「才……半年左右而已。」

「這樣啊，半年前加入的啊。」

鈴原羞怯地垂下目光，看著自己的手。看起來像是在提防兩人，也像是單純地怕生。

「放鬆會的時候，妳都是參加春町太太主持的小組嗎？」

「……對。」

「基本上都是一樣的人嗎？還是常會變動？」

「不，呃，基本上都是固定的那幾個人。」

美晴偷瞄津森的側臉。她不明白像這樣逼問鈴原到底有什麼意義。因為也沒辦法，她決定不插話，靜觀其變。

「妳跟大家都很熟嗎？除了參加活動以外，會私下去吃飯之類的嗎？」

「……我……是不會。不過笹山太太和米村太太兩個人好像感情特別好。」

回答問題的時候，鈴原總是會先停頓一下再開口。就好像津森的話要傳進她的耳裡，中間有一段時差。

「今天笹山太太沒有來呢。」

鈴原沒有回答這個問題。即使等了一陣子，依然只有沉默，因此津森繼續問：

「鈴原太太，妳是不是知道什麼？」

「我……不，我什麼都不知道。不過，嗯，從上次她的樣子，還有例會上說的話，她家裡的問題似乎很棘手……所以我想她可能退出了。」

「果然是這樣啊。」

看到津森確信地這樣說，美晴覺得她就是想確定這件事。同時也納悶她就只為了這個目的，特地叫住不怎麼熟的鈴原打探嗎？

「可是，這也不是什麼稀罕的事。」

鈴原有些慌張的樣子，辯護似地說。

「退出水珠會的人滿多的。每個人一定都有自己的苦衷。山崎太太也很努力。這一定也是沒辦法的事。」

「很多人退出嗎？」

「呃……我想大家都有自己的原因。可是大家都待不久。現在這些人裡面，春町太太是最久的，再來就是我。在我之前入會的人，都已經退出了。」

「是這樣嗎？」

美晴忍不住驚訝地問，鈴原萎縮地微微點頭：

「例會上的近況報告，一開始大家都會說出遇到的問題，就像津森太太這樣。可是漸漸習慣以後，就會變成沒問題。一般都是這樣的。可是後來家裡發生某些重大問題的人，大部分很快就會退出了。可是、可是這並不是山崎太太的錯。山、山崎太太都會設身處地給大家建議。」

鈴原笨拙地說著。以話少的她而言，這番辯解相當長。

「我們並不是對山崎太太有什麼不滿。」津森說。

「這、這樣啊……」

「我們只是想跟妳聊一聊而已。對吧，美晴姊？」

「嗯。」突然被津森這麼一問，美晴有些嚇了一跳，但還是配合她的說法。「如果可以，希望以後我們可以變成好朋友。」

美晴說，鈴原有些靦腆地說「我好高興」。

※

電話另一頭的女兒在哭。到底有多少年沒聽過女兒像這樣悲痛啼哭的聲音了？女兒向來剛毅，就算和同學吵架、受傷，也難得掉眼淚。

「我到底該怎麼辦才好？」

女兒嗚咽著說。

「我跟阿正都交往了五年了，都說一定要結婚了，可是、可是卻……太過分了，這實在太過分了！」

到底該說什麼好？如果我開口，就能安慰女兒的心嗎？不管怎麼想，思考都只是滑過表面，完全找不到答案。

「媽，怎麼辦？」女兒的聲音更加悲淒了。「這樣下去，我是不是永遠結不了婚？因為哥，只要哥在這個家一天，我就只能當一輩子的老姑婆嗎？」

「愛菜……」

回來媽這裡——我想要這麼說。我想直接安慰悲泣的女兒。

但是要女兒回家，也等於是叫她見到害她和男友婚事告吹的罪魁禍首。

那麼，或許我應該去找愛菜才對，但如果我離家，到底誰要來照顧兒子？不可能交給只知道推說工作忙，一直以來裝作視而不見的丈夫。

「愛菜，沒事的，妳還年輕，往後機會多得是。」

「騙人！」

我的安慰立刻遭到了否定。

「我再幾年就三十歲了！而且就算找到對象，結果還是會變成跟這次一樣。都是因為哥……都是哥害的……！」

電話另一頭的詛咒無休無止。

——這是幾天前的事了。

沒有任何聯絡，搬去遠地的女兒突然回家了。什麼也沒帶，可能好幾天都沒睡，眼睛底下掛著濃濃的黑眼圈，帶著一張糟透了的臉色出現在我們面前。我正在餵變成異形的兒子吃午飯。

「找到了。」女兒俯視著異形的兒子說：「你就是我們家的瘟神嗎？」

兒子抖動變形而下垂的長耳朵，眨著山羊般的眼睛，近似老鼠的鼻子抽動著。用兩腳站立的模樣，很像戒備的小動物。

仔細一看，女兒手中握著高爾夫球桿。是從放在玄關的丈夫的球桿袋裡拿來的吧。不祥的預感陡升。

「愛菜……？」

我提心吊膽地呼喚女兒，但女兒的眼睛裡沒有我。

「你根本不知道你把我害得有多慘。」

女兒就像忘了眨眼，布滿血絲的眼睛只瞪著兒子一個人。

「你從來沒有想過因為你，害得我有多痛苦多丟臉對吧？從以前開始，一直都是。從我國中的時候開始，就被同學笑、被男生捉弄、被學長姊——」

「愛菜！」

「因為你我都不敢帶朋友回家丟臉得要命恨你恨得要死因為不想跟你在同一棟屋子裡呼吸一樣的空氣所以我離開這個家以為總算解脫了自由了可以忘記你這種爛人活下去可是為什麼為什麼你就是要妨礙我你到底要讓我變得多不幸你才甘心？」

「愛菜，冷靜下來，好嗎？」

「而且你還變成那什麼鬼樣子？」

兒子用後腳重重地踏地。「咚！」木板地發出聲響。

「幹麼？」

「愛菜，坐下來吧，先把那東西放下來，好嗎？」

「吵死了！」

我想要抓住女兒，被她惡狠狠地一把推開。背部和後腦撞在架子上，我一陣呻吟。女兒看也不看我。

兒子更憤怒地跺腳。每跺出一聲，女兒的表情就變得更恐怖。

「這是在幹麼？」

「咚！」再次響起的跺腳聲，讓女兒終於行動了。

「不要學咪咪！明明就是你殺了牠！」

高爾夫球桿朝兒子渾圓的背部揮了下去。我當場用雙手摀住了眼睛。沉甸甸的聲響。以及「嘰」的微弱慘叫。

咪咪——咪咪是女兒小學的時候養的兔子，非常寵愛。這麼說來，兒子的外形接近兔子。

兔子感覺到危險時，或是不高興、警戒的時候，會用力踩踏後腳。女兒是在說這種動作吧。

當時兒子很討厭兔子，兔子似乎也很討厭兒子。每次兒子靠近，兔子就會很緊張，高高地豎起兩耳，激動地蹬腳。

兒子國二、女兒國一的時候，兔子死掉了，但原因究竟是什麼……？

「瘟神！垃圾！廢物！只會欺善怕惡！賴在家裡幹什麼！撒什麼嬌！我不會放過你，我絕對不放過你！」

鈍重的聲音接連響起。我害怕得不敢放開掩面的雙手。我身為母親，應該要阻止女兒的暴行，然而卻全身發抖，腳完全使不上力。

「為什麼！我總是因為你！為了你這種垃圾！垃圾！垃圾！垃圾！爛東西！去死！去死！」

緊接在鈍重聲響後的尖細慘叫聲不知不覺間停止了。接下來只剩下敲打溼肉的聲響。執拗不休的那聲音。我不小心聯想到拍打漢堡肉的聲音，瞬間一陣欲嘔。

一會兒後，聲音停止，木板地傳來沉重的「叩咚」一聲。我提心吊膽地放下掩面的手，看見女兒渾身虛脫地坐在地上。

「嗚……」

女兒摀住了嘴巴。臉色比剛進屋時更糟了。

「我……我怎麼會做出這種事……」

她終於恢復理智了嗎？

我心裡想著，雙膝跪地，慢慢挪近女兒。

「愛菜。」

我從背後抓住女兒的雙肩，女兒的身體猛地一震。手上感受到細微的顫抖。

隔著女兒的肩膀，我看見一團赤黑色的肉塊，忍不住倒抽一口氣。那模樣簡直是慘不忍睹，光是想像它的原形，都讓人覺得冒瀆。

我有些用力地硬把女兒扳向我，用力抱住她。女兒顫抖地抱住我，發出微弱的嗚咽。

「沒事的，沒事的。」

我格外緩慢地撫摸著她的背，對她說道。現在這情況，最痛苦的應該是女兒。我覺得自己必須讓她平靜下來、放下心來。

——兒子孝宏是個暴君，在外一條蟲，在家一條龍。對家人不假辭色，在外卻是個好好先生。但這種任性的個性讓他無法融入職場，終於關在家裡不肯出門了。然後，他變成了異形。

我知道他們兄妹從小學時期開始感情就不好。也知道從國中開始，兩人有了巨大的鴻溝。我也試過讓他們和好，卻總是徒勞以終。

當然，兩個都是我的孩子，我一樣疼愛，但總覺得虧待了女兒。這次也是。所以。

「媽媽去妳那裡陪妳，直到妳平靜下來，好嗎？所以忘掉這件事吧……」

我把女兒趕出客廳，收拾了簡單的行李。把幾天份的衣物塞進旅行袋，只拿了錢包和手機等最起碼的東西。

我摟著依然淚如雨下的女兒，逃之夭夭地離開這個家。

往後該怎麼辦？有堆積如山的問題必須思考，但現在的我完全不願去想任何煩心的事。

結果我拋開了一切，決定和女兒一起逃離。

第三章

1

美晴正在摺衣服，電話突然響了。美晴丟下手邊的工作，跑到電話機旁。

來電顯示的號碼是婆家。伸出去的手停在半空中，美晴做了個深呼吸，然後才接了電話。

「喂？」

「……喂？美晴？」

「是，好久不見。」

應答的聲音不由自主地變得僵硬，情緒下意識就要變得暴躁起來，她試著擠出笑容緩和心情，卻甚至笑不太出來。

美晴和婆家處得並不好。婆婆敏江比勳夫更頑固、更囉嗦，對美晴做的每一件事都雞蛋裡挑骨頭。像是挑剔兩人回夫家時帶的伴手禮的數量和味道、嫌到家的時間太晚、離開的時間太早，沒完沒了地抱怨不休。

除了當面埋怨以外，背地裡似乎還有數不清的數落，後來會從勳夫那裡轉述到美晴耳裡。聽到敏江埋怨的勳夫會不高興，最後是美晴被惡狠狠地責罵一頓，教人吃不消。

勳夫是三兄妹裡的老二，公婆和大哥大嫂住在一起。美晴和大哥大嫂也不合，相處起來很痛苦。三兄妹裡美晴唯一還算聊得來的只有小姑。……但她很少會回家。

「我是要問盂蘭盆節的事。」
「是。」
「妳都沒消沒息的，所以我才打電話過去。」
雖然不懂婆婆要說什麼，但只聽得出她在酸人。
是要問盂蘭盆節期間要不要回家嗎？美晴蹙眉。才七月而已，而且以前從來沒有這麼早就在問這些事。
「妳怎麼打算？」
「呃，我們打算和往年一樣回家。」
「不是說那個啦。」
敏江不耐煩地打斷說。美晴依然不解婆婆究竟想說什麼。
「是什麼事呢？」
「還什麼事，妳們那邊的初盆[1]啊。」
「初盆？」
「天哪，妳也太遲鈍了吧？優一的初盆啊。」
——優一的初盆？

1 初盆也稱新盆，指的是人過世後迎接的第一個盂蘭盆節。由於日本人相信死者的靈魂會在盂蘭盆節期間回家，因此初盆的祭祀、掃墓、法事等都格外盛大。

美晴忍不住眨眼，然後回頭。優一一如往常，在沙發上蜷成一團。

「呃，這到底是……」

「所以說……」

敏江的聲音更不耐煩了。

「我聽勳夫說了，優一不是死掉了嗎？啊，正確地說，是得了那個叫什麼的症候群是吧？不辦喪禮我是可以理解，可是連初盆都不辦了嗎？怎樣？就算只是形式，至少也該有個佛壇吧？優一也算是我的孫子，最起碼——」

「請等一下。」

美晴忍不住制止敏江說。

因為太突然了，她一時無法理解，但也明白狀況很詭異。她必須明確反駁才行。

「確實，優一得了異形性突變症候群，但他並沒有死掉。所以家裡沒有佛壇，也不辦初盆。」

「妳在說什麼？」敏江目瞪口呆地斥道。「難不成、難不成……還在家裡……？」

「優一在家啊。」

被敏江的口氣激怒的美晴反駁說，結果話筒傳來顫慄的聲音：

「天哪，不敢相信！美晴，拜託妳，不要亂嚇老人家好嗎？萬一我驚嚇過度，心臟停了怎麼辦？」

誇張——美晴內心鄙夷地想，刻意反問：

「這有什麼問題嗎？」

「妳啊，滿不在乎地問這什麼問題？」敏江露骨地嘆氣。「我在電視上看過，妳居然跟那種怪物住在一起？妳到底還有沒有神經啊？」

「媽，再怎麼樣，妳那種說法也太過分了……」

「什麼話，沒常識的到底是誰！」

美晴忍不住把話筒拿遠。敏江是那種老古板，比勳夫更難應付。

「就算妳無所謂，勳夫也太可憐了！那種可怕的東西——」敏江暫時打住，又深深地嘆了一口氣。「都是妳，害我心臟跳得快喘不過氣來了。妳是想殺了我嗎？」

美晴厭煩到家，也跟著嘆氣：

「那太危險了，等媽平靜下來以後再談比較好呢。那今天我先掛電話了，這件事改天再說。」

美晴不等對方回話，逕自掛了電話，緊接著電話又響了。美晴毫不猶豫地拔掉電話線，再次坐回沙發，繼續摺衣服。

「什麼母親生什麼兒子……」

美晴喃喃道，優一微微搖動觸角，接著溫馴地趴了下去。

這是第幾次去津森家了？帶著優一——放在包包裡——搭電車，也已經相當習慣了。

優一不喜歡出門，但帶他去津森家時，他並不怎麼反抗。是接受要被帶出去的事實，或只是單純地發現抵抗也只是白費力氣？不管怎麼樣，省了美晴帶他外出時的麻煩，總是件好事。

「感覺真是四面楚歌呢。」

美晴說完婆婆的來電，帶著嘆息牢騷道，津森苦笑著端來放茶點的托盤。

「感覺妳婆婆很難搞呢。」

「真的。……這麼說來，妳婆家怎麼樣？」

「這個嘛，我婆家倒是不錯，沒什麼問題。」

津森把紅茶和泡芙放到美晴前面，坐了下來。

「真教人羨慕。」

美晴說，津森用湯匙攪動著紅茶說：

「我跟妳相反，是跟娘家處不好。應該說，我被家裡斷絕關係了。紗彩出生以後一直到現在，我都沒有再見過娘家的人。」

「這樣啊……」

津森說，是為了她還在念書就結婚的事，和娘家鬧翻了。

「可是我婆婆對我非常好。雖然我帶了個拖油瓶，但她從來沒有挑剔過這件事。以前我也跟妳說過，紗彩變異以後，我有段時期完全沒辦法做家事什麼的，也是婆婆幫了我很多。感覺她就像親女兒一樣待我，我對她只有道不盡的感謝……」

津森說，露出有些遙望的眼神嘆氣。

「初盆啊……。也不是忘了，不過這麼說來，今年是初盆呢。是因為還沒有真實感嗎……？」

那百感交集的語氣讓美晴納悶，晚了幾拍才驚覺地說：

「難道妳婆婆……」

「對，她今年過世了。」

「……對不起，我完全不知情。」

「沒關係，請別在意。」

津森擺擺手，露出笑容。

「我婆婆過世以後，我真的很難過……但我改變想法，覺得不能永遠沮喪下去、必須振作起來才行。所以我想要設法改變現況，才加入了水珠會。」

想要改變現況、想要解決問題，所以加入家屬互助會。美晴也是一樣的。其他會員一定也是如此。以前在咖啡廳聊天時，鈴原也說，聽到別人的體驗，或許可以接納各種意見，擁有多元觀點，如此一來，心情上應該也會好過一些。

「水珠會」應該承載了許多會員的希望，但它真的如同會員所期待的發揮功能了嗎？答案總有些不盡理想。

原因出在哪裡？要怎麼做才能改善？美晴和津森也想不到具體方法。如果只是點出問題，倒是很容易。

「我說，美晴姊。」

美晴從思索中被拉回來，抬起頭來。津森把臉湊近，壓低聲音說：

「妳看那邊。」

美晴依言從半開的拉門縫隙間悄悄窺看和室裡。

她看到睡在老位置——座墊上的紗彩，還有在相當近的地方蜷成一團，一樣似乎正在睡覺的優一。

「咦，靠得好近。以前離得那麼遠，他們兩個是變好一些了嗎？」

「或許只是我們不懂，其實他們能進行某些溝通。」

「也許呢。」

津森「呵呵」一笑，嘴唇莞爾地漾著笑意。

「最近紗彩變得平靜不少。以前她常咬我，對我狂吠或是吼我，不過這陣子都不會這樣了。搞不好是被優一感化囉。」

「優一？」

美晴揚起眉毛。兒子帶給別人好的影響——她從來沒有想過這種可能性，感到非常不可思議。

——不是優一害別人怎麼樣，而是感化別人。

美晴再次偷看房間裡面。

「老實說，之前山崎太太也糾正過我，其實只要紗彩不聽話，我都會打她。」

津森壓低聲音，忽然說了起來。

「從紗彩小時候開始，我就覺得這是必要的管教，都會體罰她。叛逆期過了以後，打她的次數也減少了，但變異以後，因為用說的她也不聽，又會吼我、咬我，所以我又開始打她了。不過這陣子紗彩都不反抗我，所以我也不用動手了……」

津森望著自己的手掌，眼神遙望遠方繼續說。

「打她的話，我自己的手當然會痛，孩子挨打也會痛，所以算是扯平了。……但我也不是愛打她才打的。大家都說不應該體罰小孩，或許我的觀念落伍了，但對我來說，這也是一種愛。事實上，我小時候就常被我媽揍，也覺得好像從裡面學到了一些教訓，所以我一直認為養小孩不能只知道寵和疼。」

津森感觸良多地斷續說道，美晴只是默默地看著她。

「美晴姊會打優一嗎？」

「呃，會嗎？我不太記得了。」

「就是啊。」津森輕聲嘆氣。「我對優一認識不多，但我覺得他應該是個很溫柔的孩子。因為美晴姊也是個很溫柔的人。因為太溫柔了，所以才會承受不了周遭痛苦的環境，變成了繭居族。」

這話讓美晴眨了眨眼，笑道「怎麼可能」。

「才沒那麼誇張呢。他不是溫柔，是太消極了。優柔寡斷，也沒有毅力。還能關在家裡的時候還好，但也不能永遠就這樣躲下去……我覺得他必須變得更堅強才行。」

優一是男生，應該要像個男子漢。美晴對優一總是如此期望。

兩人期盼的長男，「優一」。因為希望他成為優秀的人、成為第一名，所以為他取了這個名字。他小的時候，也讓他打過棒球，嘗試過各種運動。

但優一並不像父母期待的那樣愛上運動，反而更喜歡閱讀，成了一個不愛戶外活動的文靜孩子。

美晴想起還年輕時的事。勳夫找優一玩投接球，被優一安靜地拒絕，失望地垮下肩膀。

優一剛出生的時候，勳夫成天說他的夢想是以後和兒子一起玩投接球。這是世間一般父親都有的願望。他那樣興沖沖地期待著等優一長大，一定要跟他玩投接球，兒子卻不體諒勳夫的心意，拒絕了他。

光是回想起當時勳夫垂頭喪氣的背影，美晴依然深感憐憫。正因為她知道勳夫有多期待，更能體會落空時他的失望有多大，替他難過不已。

「……可是，我覺得他這樣很好。」

聽到津森的話，美晴抬起頭來。

「雖然或許也可以說是消極、優柔寡斷，但我認為這種纖細敏感並不是什麼缺點。比起把別人踩在腳底下也滿不在乎的人、或是粗魯凶暴的人，更要好上太多了。」

看到津森總有些寂寞的微笑，美晴感到一股情感衝上喉頭。

這股難以言喻的情感究竟是什麼？幾乎快抓到了，卻又溜走了，是這種微妙的感覺。

「也許我的教養方式是錯的。」

津森垂下目光，靜靜地呢喃，但那些話語沒有傳進美晴的耳中，便消失了。

2

「我討厭魚。」

七月第四週的放鬆會，兩人再次參加春町主辦的活動。

上次是在餐廳吃午飯，這次是去居酒屋喝酒，處在店內嘈雜的氣氛中，感覺肩頭稍微放鬆了一些。總共六個人圍著春町，坐在挖地式暖桌的餐桌旁。笹山依然沒有出現。

「咦，春町太太不能吃煎魚嗎？」

「煎魚、生魚片，總之魚類都不行。」

春町和米村在說話，美晴等人也翻著菜單。

「……春町太太以前也吃魚的。」

「是嗎？那是有什麼原因嗎？」

「啊！我想吃高湯蛋捲。」

這是限時兩小時的吃到飽，因此各人任意點菜。桌上擺滿了一口氣送上桌的料理，杯盤擠得水洩不通。

「結果笹山太太退出了呢。米村太太知道為什麼嗎？」

春町邊夾軟骨邊問，米村搖搖頭：

「她完全沒有聯絡我。講師會前一天我打電話給她，她完全不接，我擔心她是不是出了什麼事，當天再打電話，結果居然被設成拒接。而且她說是因為家庭因素要退出不是嗎？不覺得這樣很無情嗎？」

米村語帶挖苦地說，有些自嘲地勾起一邊唇角。美晴在一片喧鬧中聽著這話，稍微可以理解米村的行動了。

米村一定是覺得遭到笹山背叛了。所以才沒有擔心笹山的樣子，另結新歡地親近春町。在場的每個人，都有各自不同的苦衷。即使覺得有著相同煩惱、相互理解，結果各自的家庭，還是比這裡的關係更深、更重。雖然不知道笹山發生了什麼事，但與米村相較，她選擇了自己的家人，只是這樣而已吧。

「美晴姊會喝啤酒呢。妳喜歡啤酒？」

「對啊。」

「咦，感覺好意外喔，我還以為妳是紅酒派的。」

「有時候也喝紅酒。雖然最近幾乎都沒喝了。」

「我都這個年紀了，還是只敢喝很甜的酒呢。」

確實，津森點的是卡魯哇牛奶酒。美晴繼乾杯時的生啤酒，又續點了一杯。雖然她只是懶得點其他飲料而已。

轉移視線望向鈴原，她已經喝起烏龍茶來了。也許她不喜歡喝酒。

「這麼說來，田無太太。」

春町突然指名叫她，美晴有些驚訝地抬頭。

「之前我查了一下，那家新町的醫院好像也可以診治爬蟲類型的變異者。」

「喔……」美晴忍不住愣愣地回應。看到美晴遲鈍的反應，春町納悶地問：

「不是田無太太在擔心醫療問題嗎？」

「那是津森太太。」

寺田立刻說。春町眨著眼睛，低喃「這樣嗎」。

「津森太太家的，我記得是狗對嗎？」

「對。」

「都好嗎？」

「老樣子。」

津森臉上貼著假惺惺的笑容說，春町朝她點點頭，再次看向美晴：

「田無太太，上次的講師會，妳先生沒有來呢。」

「嗯。那個……他說那天他已經有約了。」

「真可惜。希望例會的時候可以一起來參加。」

「是啊。」

美晴口中應著，心中淡淡地想「應該不可能」。不管美晴說什麼，勳夫應該都聽不進去，美晴也失去了試著說服他的念頭。

「伊都子也常說希望有更多夫婦一起參加。不過坦白說，很困難呢。像我們家也是，都分居好幾年了，伊都子家也沒有先生……」

「山崎太太的先生怎麼了嗎？」

在春町旁邊啃烤雞的米村問。

「我聽說很久以前就離婚了。所以伊都子是一個人把女兒養大的。家境也不是很好，所以每天都要做好幾份工作，非常辛苦。她是苦過來的。」

「咦，可是，」美晴忍不住插話說：「山崎太太說她家的是兒子。」

聽到這話，春町愣住眨眼。津森也跟著說：

「我也有聽到。是失蹤對吧？」

入會那天，山崎是這樣回答津森的問題的。她說兒子兩年前發病，三個月後失蹤，從此下落不明。她以不願觸碰的表情，難以啟齒地說。那個時候美晴感到一種說不出來的不自然，至今仍有些耿耿於懷，所以印象深刻。

春町闔上正欲張開的嘴巴，臉上浮現苦笑。

「……啊，對，是這樣呢。對對對，她家的是兒子。不好意思啊，是我記錯了。上了年紀就會變得健忘，真討厭。是跟別人家的搞混了吧。」

春町從懷裡掏出手帕，擦拭額頭的汗水。米村見狀，輕輕地將放著沸滾的小鍋的瓦斯爐從春町前面挪開。

「不過伊都子真的很了不起。哪像我，一個人什麼都不會做，加入水珠會以後，心情上真的輕鬆許多。伊都子能夠克服艱辛的處境，主動幫助別人，我真是佩服得五體投地。」

「對啊，我也這麼想。」米村同意，一臉得意地點點頭。「寺田先生也這麼想對吧？」

「是啊，山崎太太真的幫了我很多。」

被徵求同意，寺田面露平靜的笑容附和。米村看似滿足地吁了一口氣，再次看向春町。

「對了，等下我想順路去一下事務所，有沒有人要捐錢給伊都子？我可以像平常那樣順便拿去。」

春町環顧桌子說，寺田和鈴原開始翻包包。

「我覺得差不多該捐點錢了，已經準備好了。」

「咦，不愧是寺田先生。」

「呃，春町太太，我也……」

「鈴原太太，謝謝。」

遲了一拍，米村也急忙翻找包包。美晴和津森只是面面相覷。

「啊，咦？奇怪，我應該放進去了啊？」

米村聲音有些沙啞地說，尷尬地摸著臉頰。

「是忘在家裡了嗎？」

「好像呢。搞不好丟在桌上了……」

「那這次就沒辦法了呢。還是我先幫妳墊？」

「……啊，呃，說的也是。那……可以麻煩春町太太嗎？」

米村抬著眼睛看春町，春町瞇起眼睛笑。

「這哪有什麼。下次碰面再拿給我吧。」

「謝謝！」

米村誇張地開心說，露出安心的表情。她吁了一口氣後，忽然轉向美晴和津森：

「妳們兩位沒有帶錢來嗎？」

那聲音一百八十度轉變，滲透出優越感。美晴忍不住苦笑。

「我沒帶。」

「我也是……」

聽到這回答，米村露骨地挑起雙眉：

「如果手頭沒錢，可以請春町太太代墊呀。對吧，春町太太？」

美晴看到旁邊的津森唇角勾出笑容，瞇起眼睛，在內心悄聲嘆息。

——總覺得氣氛好詭異。

不知道是因為跟津森很親，還是因為就坐在她旁邊，美晴一清二楚地感覺到津森非常不高興。但米村似乎完全沒察覺津森的變化。她現在應該正忙著耀武揚威地瞧不起兩人吧。

「不好意思。」

不出所料，津森嘴上帶著微笑，以露骨帶刺的語氣開口了。

「我想再參加久一點再考慮，所以暫時不捐款。」

米村的眼睛瞪得老大。她鐵著臉，顯而易見地不開心了。

「……呃，我也是。而且請人代墊，實在不好意思。」

美晴搭順風車地說，米村朝她瞪了一眼。

不能機靈地打圓場，真的很令人懊惱。美晴能夠做的，頂多就只有當個幫忙分散敵意的分母。

她眼角瞥著狼狽地東張西望的鈴原，望向春町。意外的是，與對兩人印象大壞並憤憤不平的米村不同，春町倒是一臉歉疚。

「好像害兩位費心了。沒關係的。我之前也說過，捐款並不是強迫，完全是心意。我只是想要繼續支持伊都子和水珠會而已，贊成的人再捐款就可以了。」

米村困惑地回看春町說：

「對不起，我不該多話的。」

「沒關係啦，米村太太，不用在意。對了，喏，大家快吃，多喝點，這可是有時間限制的喔！」

看到春町的態度，米村安心地笑了，接著又瞪了津森一眼。美晴假裝沒看到兩人之間冰冷的火花，拿起啤酒杯喝了一口，夾起蛋捲送入口中。

「米村太太個性好差。」

回程的電車上，只剩下美晴和津森獨處後，津森立刻大剌剌地批評起來。她的臉頰因酒意而微微泛紅。

「美晴姊，妳不覺得生氣嗎？那人搞什麼嘛，真不敢相信。」

「別這麼生氣嘛。」

「我最討厭那種人了。任意在心裡給人排名，巴著小團體裡面最有權力的人，狐假虎威，這種人我真的受不了。我猜的果然沒錯，那個人想要拿春町太太代替笹山太太，寄生在她身上。」

「寄生？」

「難道不是嗎？」

——坦白說，美晴覺得形容得很貼切。

「看她那麼露骨地討好春町太太。捐款也是，明明自己也沒帶，居然有臉說我們。她說有準備可是忘了帶，絕對是騙人的。」

也許是醉意助長，津森連珠炮似地埋怨不休。

「而且春町太太那算什麼話？贊同的人再捐款就好了，說得好像不捐款就是不支持的壞人一樣。」

「妳想太多了，只是有點語病罷了啦。」

「美晴姊就是人太好了。」

才沒這回事——美晴內心自嘲著，仍說：

「但我對春町太太的印象有點不一樣了。我還以為她會跟米村太太一起死纏爛打，叫我們捐錢，沒想到她那麼乾脆就放棄了。」

「反正一定有什麼鬼。那氣氛真的很詭異。」

津森噘著嘴唇說。

「除了春町太太，還有一堆人都對山崎太太崇拜得要命，這不是很奇怪嗎？」

「會嗎？」

「而且春町太太不是也很可疑嗎？那些捐款，也不知道是不是真的拿給山崎太太了。搞不好全部都被她私吞了。」

俗話說，討厭一個人，會連相關的一切都跟著討厭，真是一點都不錯。

津森以前就說她不喜歡春町，也許是因為這樣，對春町有了莫名的成見。私吞捐款這種毫無根據的指控，不應該隨便說出口。

「這話有點太過分了，津森。」

美晴勸諫，津森鬧脾氣似地鼓起了臉頰。很小孩子的動作。

「美晴姊應該多懷疑別人一點。我真的很擔心妳會被壞人騙……」

「嘿，說這什麼話？」

電車停了，車門打開，乘客零星下車。美晴不經意地往外一看，是津森家那一站。

「到站了。」

「嗯？咦，真的耶。那美晴姊，下次見囉！」

津森揮揮手，踩著有些不穩的步伐下了電車。美晴看著她走上樓梯的背影，在車門關上時悄悄嘆了一口氣。

3

日子茫然地過去了。清晨造訪，中午到來，迎接夜晚。重複該做的家事，持續照顧優一，一個回神，一天已經過去了。

——這個樣子沒問題嗎？

美晴經常感到不安。像是煮飯時注視著沸騰的熱水時、晾衣服時、在浴室洗頭髮時。這樣下去真的沒問題嗎？疑問持續湧上心頭，讓她坐立難安，陷入焦慮之中。

優一是在五月底變異的。現在，七月已經到了第五週，下星期就八月了。

太快了。不知不覺間入夏，即將迎接盛夏了。白天外頭開始出現小孩的身影，這才教人發現已經放暑假了。美晴是家庭主婦，生活與暑假無關。她只是過著一成不變的每一天。

美晴的視線從牆上的月曆轉回家計簿，嘆了一口氣。

——感覺陷入停滯。每一天感覺不到進步，只是模糊地焦急，覺得這樣下去不行、非做點什麼不可。……可是，具體上來說該做什麼、該怎麼做？她不知道。

她一直相信只要加入互助會，就能有所改變。她確實認識了津森，與她結為好友，至少可以分享資訊、發發牢騷，發洩壓力。這是一種進步吧。儘管這麼想，卻難以釋然。

與津森的友誼逐漸堅定，相較之下，與勳夫的關係卻是日漸險惡。價值觀與想法的差異愈來愈明顯，導致美晴忍不住對他敬而遠之。這也算是進步嗎？感覺像是在後退，因此和津森與勳夫各自的關係，彷彿是一進一退。

美晴鬱悶地翻著家計簿，忽然注意到一件事。

——水電費變少了……

六月和五月的水電費比起來，電費、瓦斯費和水費全都減少了。美晴不禁思考，自己特別做了什麼嗎？她立刻想到了答案。

是優一變異以後減少的。

兒子以前都關在自己的房間，半夜活動到快清晨，但變成異形以後，幾乎都在客廳睡覺，不會用水電和瓦斯，費用當然減少了。

——也算是一點節能環保呢。

雖然這麼想，但這是可以高興的事嗎？這些省下來的錢，結果也拿去用在「水珠會」的交際費上，因此一樣是加減打平而已。

……一開始勳夫相當擔心，但優一目前完全不需要花錢或花工夫照顧。因為他總是待在看得到的地方，因此也可以掌握他最起碼的行蹤。優一以前關在家的時候，儘管待在同一個屋簷下，卻不知道他每天都過著什麼樣的生活。如此一想，現在這樣對美晴反倒方便太多——

想到這裡，美晴微微起身看向沙發。

優一在他固定的位置蜷成一團。這景象太熟悉了。因為他一動也不動地待著，看起來也像個擺飾物。

津森家的紗彩是狗的外形，活潑地跑來跑去，應該百看不厭。相對地，寺田家的孩子——這麼說來，沒聽說他叫什麼名字——是植物型，不會動也不會叫，不論什麼時候看，應該都感覺不到變化。

寺田照顧起來一定很沒勁吧。相較之下——

想到這裡，美晴驚覺一件事。

在「水珠會」與境遇相近的人交流，美晴得到不少刺激。聽到別人的說明，得知別人家的情形，她放心地想：原來不是只有我們家、每個人都懷著相同的苦惱過日子。

聽到兒子變異成植物型異形的寺田的說法時也是，她鬆了一口氣，覺得原來還有比優一更難理解的變異者、有比我們家更艱困的家庭。

即使和別人比較，也無助於改善，優一一樣還是異形，然而比較之後卻感到放心，就好像問題解決了一樣，真是奇怪。

美晴在下一次的例會上，一定會報告說「沒問題」。明明對優一來說，狀況絲毫沒有改善。

美晴逐漸習慣了這樣的每一天，也習慣了異形的外表。若說是否完全擺脫了嫌惡感，那另當別論，但是在日常生活上，優一是異形這件事，對美晴並不算什麼大問題。

但優一呢？

「……欸，小優，你醒著嗎？」

沒有回答。唯有寂靜充塞整個房間，時間無聲無息地分秒流逝。

夏季的白晝即將邁入向晚。

星期四下午。美晴打電話給津森，確定星期六放鬆會的事宜。

美晴和津森打算再次參加石井主持的小組。石井或許是喜歡戶外活動，企畫的內容多半是動態的。這次是健走兼森林浴。

美晴並非特別喜歡待在家，但也不是會積極進行戶外活動的類型。對於標榜森林浴的健身，也不會想要自發性參加。

所以真要參加的時候，她不知道需要哪些東西。她自己準備了要帶的東西，但不太有自信，怕可能遺漏了什麼，所以想要和津森討論一下當天要穿什麼去。

聽著手機持續作響的鈴聲，美晴忽然訝異起來。平常的話，再怎麼久，津森都會在五聲鈴響之前就接電話了，今天卻遲遲沒有接。

——是在忙嗎？

她正打算晚點再打，鈴聲忽然斷了。

「……喂。」

瞬間，美晴以為自己打錯了。應答的聲音又細又低沉，與津森平常的聲音完全不一樣。

「喂……我是美晴，津森嗎？」

「對。」

「那個，我想跟妳討論一下星期六的事……」

滋……只聽得到電波似的隱約雜音，津森沒有應話。

美晴蹙眉。

「……津森？妳在聽嗎？」

是收訊不好嗎？美晴默默地觀察了一下，但津森依然沒有回話。

「喂？津森？」

美晴再次出聲，聽到一聲微弱的「我聽得到」。

「星期六我不去了。……我不能去。」

那聲音實在太消沉無力，美晴困惑了。

她直起靠在沙發背上的身體，稍微往前屈。

「怎麼了？出了什麼事嗎？妳身體不舒服嗎？」

美晴不安極了，連珠炮似地問。

平常的津森很活潑，總是明朗有活力地說話，然而電話裡的聲音完全不像她，虛脫、遲鈍，還說不參加活動了，她覺得肯定出了什麼大事。

不幸的是，美晴猜對了。

「……紗彩死了。」

微弱的聲音讓美晴瞪大了眼睛。

「咦……？」

她驚愕反問。滋……手機再次傳出雜音。

「被殺死了……」

一會兒後傳出的細聲讓美晴倒吸了一口氣。津森慢吞吞地訂正道：

「不對，那只是意外……對，她遇到意外……」

意外？美晴在口中喃喃。

「她已經不在了……所以我……」

津森的聲音哽住，電話傳來微微吸鼻子的聲音。

「對不起。我、我已經不知道該怎麼辦了……」

聲音微弱顫抖。

美晴微微張著口，恍惚地聽著耳邊的電話。

「都、都是我害的……都是我害紗彩……」

「津森，冷靜一點。」

美晴壓抑心中的混亂，盡量鎮定地說。拿著手機的手不知不覺間握得死緊。

「現在家裡只有妳一個人嗎？」

「對……」

「妳還好嗎？我可以現在過去陪妳。」

一陣思考般的停頓後，津森抽噎地說：

「沒、關係。對不起。我、我先生、準備要回來。」

「這樣……」

美晴鬆了一口氣，又像是落空，感受很複雜。但比起毫無關係的美晴，丈夫趕來陪伴，想當然耳不知道要可靠多少倍吧。

「妳不要勉強自己。等妳平靜下來以後，希望可以打個電話給我。……還有，如果妳還沒有說，我可以替妳跟石井太太說一聲妳不能參加了。」

「……謝謝。」

掛斷電話後，美晴好半晌只是盯著待機畫面。

紗彩死了。和優一相同處境的變異者紗彩死了。——被殺了？

津森改口說是遇到意外，但總覺得可疑。那話聽起來像是在說給她自己聽的。

紗彩死了。這件事不斷地盤踞著美晴的腦海。只有這行字鮮明地烙印在上面。美晴束手無策，思考陷入停滯，只是不停地想著：紗彩死了。

這實在太突然了。

她想起聚餐後在車站道別時的津森。完全沒料到連一個星期都還沒有過去，就發生了這樣的悲劇。

但噩耗總是突如其來。優一的變異也很突然。人的死亡，尤其是意外，總是毫無前兆的。

就連美晴，光是聽到消息就這麼震驚了，津森的哀痛與難過，肯定是無法比較的。她失去了女兒。對父母而言，再也沒有比失去親骨肉更痛的絕望了。

美晴想著，伸手掩住了臉。

……幾分鐘，或是幾十分鐘過去了。美晴就這樣靜止了好一會兒，忽然抬起頭來。

夕陽從窗外射進來，將房間裡照得明暗兩隔。溫暖的橘紅中，落在房間裡的陰影更加幽暗，就彷彿要搶先緊臨在後的黑夜。

美晴總是覺得，傍晚的夕照和景色令人感到淒涼。但現在這樣的感受比平常更深，是因為聽到噩耗，沉浸在感傷之故吧。平常會毫不在意眼前視而不見的平凡景色，這時卻鮮烈地震動著心胸。

移動視線，與優一對望了。——雖然正確地說，只是覺得與他對望了而已。

「小優……」

美晴看著異形的兒子，空洞地喃喃。

「我跟你說，津森太太……她家的女兒死掉了……」

優一抬頭，下顎「沙」了一聲，觸角亂搖，狀似狼狽，接著無力地垂軟下去。他的頭慢慢地放下去，下顎微微顫抖，長長的前腳在沙發上輕輕地扒抓了幾下，整個身體趴伏下去。

——啊，優一果然聽得懂我的話。

美晴有些茫茫然地想。

4

八月的第二個星期，盂蘭盆節前，津森聯絡美晴了。健行活動結束，例會也過去了，津森卻毫無音訊，美晴正感到擔心。

這兩個星期，美晴一直惦記著津森。她現在怎麼了？是什麼狀況？但美晴也不好主動聯絡，正憂心忡忡，就接到了津森的電話。

津森說，她想要好好聊一聊，邀美晴去她家。美晴二話不說答應了。

她猶豫要不要帶優一一起去。她擔心津森看到優一會想起紗彩而難過。

她煩惱了很久，決定還是帶優一去。因為她認為優一應該也想向紗彩道別。

事實上，美晴在整裝的時候，強烈地感覺到優一一直在看她。她就是覺得專注地盯著她看的優一，是在要求帶他去津森家。

「美晴姊，歡迎。」

到玄關迎接的津森面容消瘦，無力地微笑。一眼就看得出她很憔悴，但美晴不敢提。她向津森致哀，津森垂下目光點點頭，請美晴進屋。

「上次真對不起，我不知道妳遇上這種事，還聯絡妳……」

「沒關係。我才是失態了，給妳添麻煩了。」

「哪裡，沒事的。」

「妳把優一也帶來了呢。謝謝。紗彩一定也會很高興。」

津森說，把美晴帶到和室，就是不久前仍當成紗彩房間的地方。牆邊擺滿了櫃子、架子和收納箱等等，就像個儲藏室。中央擺了個座墊，紗彩平常都窩在那裡。

但現在房間裡沒有她的蹤影。取而代之，一個櫃子被挪走，擺上了佛壇。看到佛壇的瞬間，一股虛無感從腳尖襲向全身，美晴幾乎要頹倒在地。

在黑色相框裡露出笑容的，是人類的女孩，想都不必想，就是生前的——異變前的紗彩。她是狗的外形的時候，美晴從來沒有仔細看過她的臉，但現在仔細一看，紗彩和津森長得很像。她們是母女，像是當然的，但她覺得先前竟然都沒有注意到這一點，相當奇妙。

「……我可以上個香嗎？」

「嗯，當然可以。」

美晴雙手合掌，注視著遺照上的紗彩。

是個很普通的女孩。津森以前說過紗彩才二十歲。

才剛成年，人生正要開始，應該還有許多歡樂在等待，這樣一個前途無量的年輕女孩，卻像這樣變成了永遠的影中人。

美晴承受不住湧上心胸的痛，急忙掏出手帕擦眼睛。

「小優，來……」

一打開拉鍊，優一立刻探出頭來。他看到遺照，觸角抖了一下僵住，整個人靜止了。美晴不知道該怎麼辦，最後把包包留在原地，回到津森在等的客廳。

美晴在門口再次回頭，看見優一靜靜地注視著遺照。

優一果然也有他自己的感觸吧。美晴想要讓他獨處，垂下目光，靜靜地離開房間。

「雖然晚了一些……」

美晴把奠儀遞給將兩只杯子放到桌上的津森。津森見狀，驚訝地揮手。

「這怎麼好意思，妳不用費這個心的。紗彩也沒有辦喪事，是特殊情況，我不能收。」

「別這樣說，請收下吧。這已經是妳的了。」

美晴有些強硬地把奠儀塞進津森手中，津森猶豫了一下，最後抱歉地行禮。看到津森總算願意收下，美晴稍微放下心來。

「不用準備回禮喔。還有，抱歉沒有帶供品來。」

「真的沒關係的。……這麼說來，還沒過四十九日呢。我什麼都沒注意，就請妳過來，好像反而害妳費心了。」

「妳才是，真的別這麼客氣，我們是境遇相同的夥伴啊。」

不過從此以後——這個念頭瞬間升起，美晴硬是把它打消了。也許津森也在想類似的事，她的笑容摻雜了複雜的神色。

「……原本現在應該是忙著接待弔喪客人的時期。但我本來就沒有什麼朋友，又沒辦喪事，所以感覺滿奇怪的。而且戶籍上紗彩好幾個月前就已經死了。」

津森注視著茶杯，斷斷續續地說。

「聽說變異者能好好被安葬的例子很少。紗彩因為是動物型，所以我聯絡寵物殯葬業者，硬是拜託他們幫忙火葬和納骨，但聽說其他的很難像這樣處理。」

算是不幸中的大幸呢——悲淒地微笑的津森讓人看了心疼。

「我重新體會到，喪禮說穿了還是為了家屬而辦的。像這樣準備佛壇和遺照也是，與其說是為了女兒，更是為了我自己。如果不這麼做，我無法撫平自己的情緒。孩子都死了，卻連場喪禮都沒辦法幫她辦……我覺得好氣惱，實在是情何以堪。」

連場喪禮都沒辦法辦——這句話在美晴心中沉重地迴響。這絕對是切身問題。

如果優一有了什麼萬一，應該沒辦法像津森這樣，請寵物殯葬業者處理。業者一定會拒絕，而且優一那種身體，實在不可能燒剩什麼。

若是有骨灰還好，但如果連灰都沒有，能拿來祭拜的就只剩下遺照了。美晴思考優一最新的照片是什麼時候拍的，想到勉強說服他拍下的成人式紀念照。

必須將紀念成長階段的喜事照片拿來用在喪事上，說起來實在諷刺，但除此之外，就只有高中的學生證照片了。

想到證明兒子曾經活過的唯一證據，竟只有兩年前的照片，美晴心情複雜極了。

早知道的話，平常就該多拍些照片的……但即使現在後悔，也不可能再拍到變異前的照片了。

「……紗彩是妳打電話給我的三天前過世的。」

津森再次開口，將美晴從沉思裡拉了回來。

「因為我的疏忽，紗彩跑出家裡了。她跑出公寓外面……被車撞了。」

津森聲音顫抖。仔細一看，雙眼湛滿了淚水。

光是回想就讓她痛苦萬分吧。美晴輕輕撫摸津森蜷起的背部。

「妳一定很難過。不用勉強告訴我。」

美晴盡可能柔聲地說，津森拚命忍住淚水，望向美晴。

「美晴姊，我……」

「嗯……」

「我直到最後還是不了解那孩子。我沒有資格當母親。」

沉痛無比的眼神讓美晴心頭一驚。那語氣聽起來實在太過切實。

「沒有這回事。」美晴立刻否定。「……沒有這回事。妳一直很努力。至少我看到的妳，真的非常努力。所以妳應該多肯定自己一些。」

「美晴姊……」

謝謝妳——津森的聲音顫抖得更厲害，微弱地說完這三個字。那無依的模樣讓美晴的心更痛了。失去孩子的母親的哀痛，讓她感到一股無法訴諸言語的情感盤踞在心中。

「……我有件事要跟美晴姊說。」

津森垂頭沉默了一陣子，可能是情緒平復下來了，她抬起頭說。

「我要退出水珠會。」

聲音平靜，沒有猶豫。應該是仔細思考過才做出來的決定。

對於這項告知，美晴並不驚訝。她認為既然紗彩過世，津森也沒有理由繼續參加變異者的家屬互助會了。她完全可以預測到這種發展。

但津森要說的不只這些。

「還有，上次……我先生回來以後我們討論了一下，我決定要離開這裡，搬去我先生工作的地方。」

美晴睜圓了眼睛。

「這樣嗎……？」

「是的。雖然很突然，但最晚這個月我就會搬離這裡。」

美晴心情複雜。津森沒必要一個人與丈夫分開住，因此這個決定合情合理。她理智上明白。

「……我會很寂寞呢。」

美晴說出心裡的話，津森抬起紅腫的眼皮，微笑道「我也是」。

「雖然時間不長，但多謝美晴姊對我的照顧。」

「哪裡，我才是。最重要的時候……我沒能幫上什麼忙。」

「沒這回事。謝謝妳陪我聊了許多。現在也是……我真的很感謝妳。謝謝。」

津森深深行禮，美晴也同樣回禮。

——後來美晴問了幾個問題，津森斷斷續續地回答。要搬去哪裡？以後要怎麼過？

津森說，她會決定搬去丈夫工作的地方，是因為丈夫的話。丈夫擔心津森一個人待在這裡不好，提議她搬去一起住。丈夫體貼的憂心與關懷打動了津森，讓她想要仰賴丈夫的好意。津森的丈夫回來時，都盡可能撥時間安撫傷心的她，用心支持她。

失去女兒的悲傷不可能完全撫平，應該也一輩子無法忘記。但因為丈夫的支持，津森能夠從最糟糕的狀況走出來。幸好我有個理想的丈夫，我再次感受到丈夫有多可貴——津森說。

太好了——美晴這話是發自真心的，卻同時也感到心情陰沉。

……如果是美晴的話。假使優一發生了什麼不好的事，美晴再怎麼傷心欲絕，勳夫是不是也將完全不以為意？美晴這麼感覺。

至少他應該不會表現出津森丈夫那樣的柔情，搞不好甚至會沒神經地說「少了優一爽快多了」。光是想像，情緒就無止境地低落下去。

但美晴只是露出曖昧的表情，不讓津森悟出她的想法。

「那，雖然很不捨，不過今天我先告辭了。」

「呃，今天真的很謝謝妳來。……紗彩一定也很高興。」

「如果多少能幫上忙就好了。搬家的時候再通知我喔。」

「好的，我一定會聯絡。」

美晴與津森道別後，再次前往和室。

悄悄往裡面望去，卻沒看見優一的蹤影。

「小優？」

美晴呼喚著，急忙搜尋，結果發現優一縮在袋子裡。不知道他從什麼時候就這樣了。即使叫他，也只是微微搖動觸角而已。

兒子現在這瞬間在想什麼，美晴不得而知。如果說津森是個不適任的母親，那麼美晴一定也是。

——津森有個理解她的丈夫。但我呢……

一路上，美晴漫無邊際地胡思亂想著，回神一看，人已經到家了。

5

——那麼，請多保重。等妳在那邊穩定下來，再打電話給我吧。

送別搬走的津森後，美晴慢慢地放下揮舞的手。

一股難以形容的空虛感湧來。她與津森的往來真的很短暫，若問她們對彼此了解多少，只能說僅有一小部分吧。

但對美晴而言，津森仍是第一個遇到的變異者的母親，是她的同志。雖然年齡相差許多，想法也不同，但她覺得她們是很不錯的夥伴。

但紗彩已經死了，兩人微弱的連繫也消失了，她覺得她們已經分道揚鑣。美晴和津森往後應該再也不會有交集。她心裡有這樣的預感。

每一天的停滯感沉重地壓在美晴的肩上和背上。不能再這樣繼續下去的焦躁也愈來愈強烈。

津森退會以後，美晴仍繼續參加「水珠會」，但即使參加活動，也感覺不到進展。感覺春町那些人就像是遠遠地靜觀著問題，至於石井那一派，則像是完全把問題和自己切割開來，視若無睹。

美晴心想既然如此，參加其他小組看看好了，於是去了一個叫橋本的婦人當幹事的KTV活動。結果橋本那些人丟下麥克風，好奇萬分地向美晴攀談，要求她說春町那些人的八卦。

「田無太太不是經常參加春町組嗎？所以我們一直以為妳是那邊的。聽說妳今天要來這邊的活動，我們好驚訝呢！」

「欸，笹山太太退出以後，津森太太不是也退會了嗎？是不是因為小組裡面出了什麼糾紛啊？」

「田無太太就是受不了那些人際關係，才跟春町組保持距離嗎？」

美晴想起以前津森說過的「小圈圈」。看來橋本主持的這個小組，莫名地敵視春町。

「春町太太很愛叫別人捐錢不是嗎？那真的很討厭對不對？她真的把錢交給了山崎太太嗎？」

「而且那個人很神祕喔。很多祕密，怪怪的。她宣稱自己是水珠會的元老，可是她真的有變異的小孩嗎？她看起來根本不像有老公小孩。」

「我聽說從來沒有人進過春町太太家呢。就連山崎太太都沒去過喔。即使拜訪，也會被她找理由拒於門外。」

「會不會她根本沒有孩子？因為不想讓人家知道，所以隱瞞。」

「如果沒有變異的孩子，她幹麼參加水珠會？」

「一定是為了私吞捐款，中飽私囊啦。欸，田無太太，妳是不是也這樣想？」

突然被這麼問道，美晴只能打馬虎眼搪塞過去。美晴的反應讓她們表情有些不滿，但依舊聊個不停。美晴強烈地感到如坐針氈。

漫天飛舞的臆測讓人厭煩極了。ＫＴＶ會只是虛有其名，她們平常似乎都像這樣八卦個不停。沒有唱到歌，而是不斷被橋本等人刺耳的吱喳聲疲勞轟炸，美晴厭倦地踏上歸途。

在放鬆會反而累積壓力，根本是本末倒置。不管參加任何一個組別都無法安心，反而積鬱愈來愈深。美晴漸漸開始疏遠水珠會了。

自從紗彩過世以後，優一的狀況也有些不同了。他食欲減少，反應和動作都比以前更遲鈍了一些。美晴不知道優一和紗彩之間到底有過多少交流，所以無法推測優一的心情，但她感覺兩人同為變異者，紗彩的死對優一來說，一定還是很大的打擊。

不過現在的優一有多少思考能力？和變異前一樣嗎？或是比以前更衰退？她甚至無法想像。

不管怎麼樣，狀況正緩慢地惡化。美晴強烈地這麼感覺。

這樣下去不行。必須想辦法才行……但美晴能做什麼？

思考陷入瓶頸。彷彿快被看不見未來的不安給壓垮，被囚禁在壓倒性的無力感當中。會就這樣慢慢地步向最糟糕的結局嗎？她只能束手待斃嗎？

——美晴擔心的最糟糕結局，是優一身心衰弱然後死去，自己也和動夫關係惡化而離婚。以結果來說，她就是害怕苦心維持至今的家庭平衡徹底崩潰。

她活了半世紀，也像一般人一樣苦過來。她不認為自己過得特別輕鬆，或疏於努力，也並未對人生有什麼特別的奢求。

她只是期待擁有一個平凡的家庭而已……。她絕對不要偏離正軌，最後落入孤苦伶仃的未來。

——我到底該怎麼做……

美晴不知道該如何處置這只是不斷兜圈子的思考，深深嘆息。

光是站在廚房就倦怠極了。儘管滿心不願意，但她還是得無奈地做家事。

沒有人會代勞。準備晚飯，也沒有人會感謝，但如果偷懶，立刻就會招來怨言，所以非做不可。

就為了臭著一張臉、只會默默咀嚼的動夫，她必須特地做飯。三百六十五天，全年無休地提供飯菜。相較之下，優一還要像樣多了。雖然一樣沉默無語、毫無反應，但他只需要啃菜葉，省事多了。

煮飯、打掃、洗衣服、採買……一成不變的例行公事。她沒有特別的嗜好與樂趣，隨意觀看的電視節目很無聊，考慮到經濟狀況，也不可能奢侈地外出旅行或外食。

過去也和現在一樣封閉，但至少兒子還是人。即使關在家裡，親子之間毫無交流，但還是可以抱著希望，期待終有一天或許能夠改善。

但現在兒子都變成異形了，到底還能期望什麼？

——我的人生是在哪裡走錯了？

自從優一變異？自從優一關在家裡？自從生下優一？自從和勳夫結婚？自從認識勳夫？還是從找工作的時候開始？因為當年沒有繼續上大學，高中畢業就出社會？

還是……？

——沒有意義。

不管怎麼思考，往後的未來、現在這一瞬間全都毫無意義、可笑，令人厭煩。

——這樣的每一天，到底有什麼意義？

美晴上床想睡覺，但即使閉上眼睛，腦中卻淨是胡思亂想。負面的思考泡沫陸續浮現又消失。美晴輾轉反側，棉被摩擦的聲音在臥室裡迴響，最後勳夫困倦地抗議道：「吵死了！」

——這種丈夫……

不管美晴有多痛苦煩惱，他也完全不體諒。毫無所覺。不管是對美晴還是優一，丈夫完全不在乎家人。

想到這裡，津森的臉忽然浮現腦海。

津森說她被娘家斷絕關係，十幾歲就生下女兒，和第一任丈夫離異，又與現在的丈夫再婚。但她和丈夫聚少離多，獨生女出社會不順利，變成異形，最後車禍身亡。理解、支持她的婆婆也過世了。仔細想想，她的人生充滿了驚濤駭浪。

相對地，美晴雖然和婆家處不好，和自己的母親感情卻很好，丈夫又在身邊，優一也還活著。……即使如此，她仍然不認為自己比津森幸福。

她明白幸福不是可以拿來和別人相比較的。一個人天生的境遇等種種的條件都不同，價值觀和想法也相異。即使如此，如果只看現在的狀況，感覺津森比美晴更幸福多了。

最重要的是，津森還年輕。她的年齡完全可以重新來過。與丈夫的關係也很好，因此即使想要再生一個也還「來得及」。可以重新打造一個幸福的家庭。

但美晴辦不到。她沒辦法生孩子了，但現在再與勳夫離婚，也沒有意義。

都五十五了，再次遇到可以結為伴侶的對象並結婚，這個機率應該和中彩券頭獎差不多低——雖然沒有根據，但美晴這麼認為。

如果要一個人活下去，也必須找工作賺錢，但美晴這年紀找不到什麼工作。選項首先就少，但如果去做清潔工等勞務工作，又可能搞壞身體。如果傷了腰或手，還得就醫求診，等於是得不償失。

即使想讓人生重新來過，也太遲了。無可挽回。只能一天天衰老下去。

沒錯，自己什麼希望都沒有。和津森天差地遠。

美晴想著，忽然醒悟一件事。她明白了聽到津森要搬去丈夫工作的地點，竟感到心情複雜的理由。為什麼她無法坦然歡送想要重新開始的津森、無法打從心底為她加油？

因為美晴其實很羨慕津森。不管是她的年輕還是希望、決定和丈夫兩人三腳彼此扶持活下去的決心，她擁有的一切都是那樣地燦爛耀眼，令人嫉妒。

美晴不去看津森的辛苦和失去的事物，撇開那些她不想看的，只拿津森好的一面與自己壞的遭遇相比較。她有的都比我好——美晴只用這種觀點和自私的尺度去看津森。

——我也太自私了。

美晴陷在自我嫌惡中，感覺渾身力氣逐漸徹底消失殆盡。

……睡著的美晴做了個怪夢。

那個空間是一片黑暗，沒有聲音，也沒有氣味。美晴瞬間察覺這裡不是現實世界，但她第一次遇到這種事。

有種夢叫「清醒夢」，是自覺身在夢中，有時甚至能控制夢境內容。

美晴從來沒有做過清醒夢。但她直覺地理解到，她身處的空間是非現實的場所，接著推測出：既然不是現實，那就是夢吧。

在這片連溫度也感覺不到的黑暗中，她忽然察覺氣息，抬起頭來。放眼望去盡是黑暗，因此她甚至不知道自己正對著什麼方向。但她感覺自己望去的前方確實有人。

——妳陷入絕望嗎？

她聽見不像人聲，更近似物體聲響的聲音。那聲音與其說是震動鼓膜，更像是直接傳入腦中，不過她覺得既然是夢，也沒什麼好奇怪的。

——妳受夠人生了嗎？

非男非女，也不是機器，平板而感覺不到任何抑揚的那聲音對著美晴問。

美晴回答不出來，聲音繼續說：

——妳想要結束這一切嗎？

美晴覺得非說點什麼才行。儘管身在夢中，喉嚨卻乾渴無比，美晴回答了。……她不記得自己回答了什麼。

隔天早上醒來時，美晴流了整身汗。胸口充塞著倦怠與不快，醒得很不舒服。但夢的內容隨著時間經過逐漸淡去，當洗衣機響起洗好的鈴聲時，已經完全從腦中消失了。

6

時間過得飛快，轉眼間八月也近尾聲了。季節不等人惋惜便已快速遷徙，日子在茫茫然之中過去。就在這當中，回神一看，只有年華不斷地老去，令人恐懼。

某個對美晴來說依然毫無進展的假日早晨，勳夫讀著報紙，露骨地蹙起眉頭。

「喂，什麼東西？妳看。」

勳夫催促，美晴戴上老花眼鏡，望向勳夫指示的報導。

「什麼？『異形性突變症候群　病患規模疑似擴大』……？」

美晴讀出大標文字，也皺起眉頭。

仔細閱讀內容，上面說一直以來應該只有年輕人才會發病的異形性突變症候群，開始出現多起三十到五十多歲的病例。

「三十到五十多歲……怎麼會……」

雖然近在身邊，但總覺得距離遙遠的疾病，終於要威脅到自身安全了——當下不禁有這樣的感覺。

報導上說，從上星期開始，各地醫療機關便陸續有病例報告出來。雖然和以前的病例一樣，病患多是沒有職業、與社會隔絕的人，但聽說也有變異者家中出現了新的變異者的例子。

畢竟這種病有太多未解之謎了。是有些人的遺傳容易發病嗎？或者這是一種潛伏期很長的傳染病？——這些都必須詳加研究才可能釐清。

「這病好像不再是年輕人的專利了。」

勳夫嚴肅地望向美晴。

「我已經等得夠久了。妳也差不多下定決心了吧？」

「……這是在說什麼？」

「要怎麼處理那隻蟲？」勳夫說，有些壓低了聲音。「妳應該已經滿意了吧？」

「怎麼還在說那種話？」

美晴有些目瞪口呆地說，反射性地回瞪勳夫。

「妳最近好像也沒去那什麼會了，我以為妳終於要面對現實了。」

「現實？」

「為了讓妳整理心情，我自認為已經等得夠久了。」

美晴一臉訝異，無法理解勳夫在說什麼。

他在神氣兮兮地說什麼鬼話？不肯面對優一的勳夫，才是在逃避現實不是嗎？

「什麼意思？」

美晴簡短而低沉地問，勳夫苦澀地嘆氣：

「總不能永遠沉浸在悲傷裡吧？得往前走才行啊。」

「你到底在說什麼？」

「妳應該好好面對優一已經死掉的事實。」

「所以說——」

「不要再把那隻蟲當成優一了。」

勳夫的話讓美晴瞠目結舌，就好像心臟被冰冷的手一把抓住。

「把蟲當成優一……？」

美晴忍不住望向沙發。優一不在那裡。不知何時，他不再待在客廳，而是習慣躲在西側的儲藏間。即使變異了，依然不改繭居族體質。雖然情緒複雜，但美晴覺得這習性真的很像優一。

「媽打電話問妳初盆的事，妳也拒絕跟她談，對吧？」

那是——美晴想要辯解，閉上了嘴。她確實拔掉了電話線，說她拒絕談，也不能說錯。

「那天媽馬上聯絡我了。可是我覺得妳應該還在混亂，所以替妳安撫她了。」

結果兩人盂蘭盆節沒有回去。自從那通電話以後，也沒有再和敏江說過話。她沒想到原來背後有勳夫在居中斡旋。

「什麼……？」

美晴有些茫茫然地呢喃道。
好奇怪。話題的走向、勳夫的口氣，都有些不對勁。
美晴一陣心慌，閉上眼睛，摀住耳朵，拒絕一切。她不想再繼續聽到更多言語了。
一團朦朧的東西罩住了頭部，感覺某部分一下子變得冰冷。腦袋開始隱隱作痛，甚至覺得想吐。

「美晴，妳聽好。」
勳夫開導孩子般的話語響起。和平常冷冰冰的態度不同，他此刻的聲音異樣溫柔。
「我一直覺得遲早必須告訴妳，應該差不多是時候了。」
強烈的異樣感讓心臟一沉。
不知為何，美晴直覺不想聽。勳夫到底想要說什麼？
「……我已經說過很多次了，真正的優一已經死了。妳以為是優一的，只是一隻蟲而已。」
「你怎麼會因為兒子變異以後變了副模樣，就否定那是你兒子……」
「不對。」
被斬釘截鐵地打斷，美晴身體一震。
——只要被認定為異形性突變症候群，病患就等於在社會上死亡，所以優一在戶籍上已經是死人了。但美晴很清楚，這完全只是表面上的處理方式，現實上優一仍以異形的形態存活著。勳夫頑固地不願接受異形的優一，說他是蟲，冷血無情地待他……。這是美晴的認知。

「優一並沒有變成異形。」

「怎麼可能？醫院都這樣診斷了。」

美晴困惑地說，勳夫搖頭：

「妳只是無法接受優一死掉的事實罷了。」

「……你亂說。」

「妳以為是優一的，是和優一毫無關係的蟲。妳相信的那種怪病，都是妳編出來的，不是真的。」

「你、你在說什麼？這……」

「世上沒有什麼異形性突變症候群。是妳因為無法接受優一死掉的事實，在腦中幻想出來的虛構的病。」

美晴瞪大了眼睛看勳夫。

……沒有異形性突變症候群？是美晴幻想出來的虛構的病？

不可能——美晴強烈地想，全身卻冒出不舒服的汗。勳夫的表情也很痛苦，美晴不由自主地打起哆嗦來。

難道……難道……

「人怎麼可能變成異形？根本沒有那種事，全都是妳的妄想。」

「可是、可是我參加水珠會，遇到好幾個相同遭遇的人。」
「那也是假的，妳根本沒有參加什麼互助會。」
「怎麼會？不可能。那津森太太呢？山崎太太呢？春町太太呢？」
「……我不知道妳在說誰。」
勳夫沒見過她們，當然也不認識。美晴急忙站起來，抓起桌上的手機，手指顫抖地打開畫面，尋找聯絡人。她想要讓勳夫看證據。
「沒有……」
津森的電話號碼不見了。「水珠會」事務所的號碼也不見了。
怎麼可能！美晴好想大叫，全身抖個不停，只覺得恐怖極了。美晴過度困惑，陷入恐慌，抱住了頭。
「我覺得讓妳認清事實也很殘酷，煩惱了很久。我一直認為妳躲在妄想中逃避，或許比較幸福。可是美晴，一直逃避下去也不是辦法。不管再怎麼苦，都必須面對發生的事，接受現實，才能繼續走下去。如果一直逃避，哪裡都去不了，永遠只能停在原地。」
勳夫強而有力地勸說，抓住美晴的肩膀。他的手看起來很年輕，美晴驚訝地回視對方。
「拜託，面對現實吧！」
那張誠摯的臉龐沒有難伺候的皺紋。眼前的不是即將迎接耳順的初老面孔，而是大約三十五歲——剛結婚時的勳夫。
美晴眨眼，轉動頭部。仔細一看，倒映在餐具櫃玻璃門的自己，也恢復了三十出頭的年輕模樣。

不，不是恢復年輕，而是過去美晴看到的老態全是妄想，這才是美晴真正的模樣的話……

「我……」茫然呢喃的聲音也比平常年輕許多。「一直活在妄想中嗎？」

美晴問，勳夫一本正經地點點頭。

「對，沒錯。優一正值可愛的年紀就過世，我也傷心欲絕。才生下來兩年就重病，我覺得老天爺太不公平、太沒有道理了。但我們還是必須面對這個現實。妳懂吧？」

對了——美晴回溯記憶的絲線。優一兩歲的時候，因為感冒惡化，得了肺炎。雖然讓他吃了感冒藥，症狀卻沒有好轉，咳嗽不止，還發起高燒，帶去醫院一看，被診斷為細菌性肺炎而住院。

美晴守在一旁照顧，但病情沒有好轉，優一就這樣——撒手人寰了。

美晴覺得全身的血液唰地流光，渾身虛脫，幾乎要當場昏倒，好不容易才撐住了。

「小優死了……」

一說出口，撕心裂肺的痛便湧上來。眼前一片模糊，連勳夫的臉都看不清楚了。

「小優……」

那，過去的那些全是幻影囉？優一長大、高中輟學變成繭居族、罹患異形性突變症候群變成異形，全都是美晴的妄想。「水珠會」和在那裡認識的人，其實都是不存在的。

沒辦法從喪子之痛中站起來的是自己。但真正的勳夫為美晴擔憂，一直守護著她。然而美晴毫不知情，扭曲現實，錯誤地去認知——完全沒有察覺勳夫就在一旁支持著她。
「妳理解了嗎？美晴。這才是現實。妳做了一場很長的夢。」
勳夫格外溫柔地說。撫慰地摸她的肩膀，擔憂地望著她。
「妳不用再一個人痛苦了。往後的事，我們一起思考吧。即使無法撫平傷痛，應該還是有什麼可以做的事。」
美晴感覺灼熱的液體從眼角滑下臉頰。
啊，沒錯。美晴一直渴望勳夫這樣對她說。她渴望他說：我們一起加油吧、一起克服苦難吧。她想要丈夫這樣慰勞自己。
美晴伸手，想要抓住丈夫伸出來的手。
原來只是自己一直視而不見，希望一直就在身邊。就在近旁，等待美晴去發現。接下來只要去接納就行了。
……就在美晴伸出去的手即將碰到勳夫的手指那一刻——
客廳通往走廊的門發出聲響。
是變成蟲的優一探頭進來了。
他蠕動著從走廊爬進來，慢慢地靠近美晴和勳夫所在的桌子。
「美晴。」
勳夫責怪地叫她。
「別管那隻蟲了。」

但美晴卻無法將目光從蟲的身上移開。勳夫說那只是一隻蟲，但美晴實在無法這樣想。她還是很在乎他。

蟲動了動下顎，發出「沙」的聲響。一雙複眼似乎牢牢地盯著美晴。

「那東西跟優一沒關係。……喂，走開！」

勳夫說，隨手抓起廣告單揉成一團丟過去。紙團掉到蟲的前方，輕彈了一下滾開了。蟲的頭追趕似地動了一下，再次轉向美晴。

「別管那種蟲了。把它丟了吧。」

變成繭居族的兒子、離奇的怪病、兒子變成異形的可怕妄想、固執而不關心美晴的勳夫，這一切都只是美晴的夢。所以勳夫說要把蟲丟掉，叫她快點握住自己的手。

——可是，真的嗎？

美晴突然停下動作，注視著蟲。

「真的這樣就好了嗎？」

多麼熟悉的懦弱口氣。美晴確信自己一清二楚地聽見了兒子的聲音。

腦中浮現成人後的兒子身影，儘管低頭抬眼看著美晴，那雙眼睛卻散發出強烈的光芒。

兩人上一次像這樣對望，已經是多久以前的事了？

兒子總是低著頭，尤其不喜歡與人對望。他總是立刻別開目光，對著別處經過旁邊，不肯看別人的臉。低頭又駝背。美晴總是望著他那副模樣嘆氣，將悲哀鎖在心底。

總有一天，兒子一定會堂堂正正地抬頭挺胸，面對面與自己對話。她這麼希望。祈禱會有這麼一天。

確實，想想至今為止的優一，總是讓自己操心個沒完，但他仍是美晴可愛的兒子。從兒子小時候起，美晴就呵護備至地養育著他，自信比任何人都更無微不至地看著他成長。

儘管和美晴所期待的樣貌不同，但兒子成年了。她敢說，這段日子、過去的歲月、軌跡和記憶，都不可能是幻影。

……變成藺居族的優一不是我的妄想。我不能當做沒有發生過。

「我不能選擇你。」

美晴慢慢地搖頭。勳夫一臉吃驚，緩緩地把手放下。

「為什麼？」

聲音中帶著驚愕。

「妳居然要選擇這種東西？」

美晴點頭說：

「因為我也差不多該面對現實了。」

就算與期望的結果不同，也不應該徹頭徹尾否定優一的存在。我不能逃進自己想要的夢裡——她心想。

醒來的時候，美晴人在臥房。

轉頭一看，電子鐘顯示十六點二十四分。是傍晚。

「果然是做夢……」

美晴喃喃，露出自嘲的笑。

「夢還要更現實多了呢。」

世上根本沒有什麼異形性突變症候群，一切都是美晴的妄想。……這樣更符合現實多了，說服力十足、也更真實。

但實際發生了人變成異形的匪夷所思狀況的這個世界，才是無庸置疑的現實世界。這麼一想，總覺得奇妙極了。

——如果這是莊子說的蝴蝶夢，該有多好。

儘管這麼想，但這個現實讓美晴打從心底感到放心。比起幾乎符合美晴的願望、然而兒子早就夭折的世界，這個雖有太多天不從人願的事物，但優一依然活著的世界實在好多了。兩歲的時候罹患肺炎的優一，在美晴的祈禱下，撐過難關，擊敗病魔，迎向未來——這個世界絕對更美好。

美晴離開臥房走向客廳，瞥了一眼正在看棒球賽的勳夫，從淨水器汲水喝了一口，往西側的房間走去。

「……小優？」

優一不在那裡。不見人影。

「小優？小優？你去哪裡了？」

美晴再次回到客廳，尋找家具隙縫和背後。沒有。

哪裡都沒有優一的影子。

「孩子的爸，你看到小優了嗎？」

美晴問，勳夫臭著臉回頭，用一副沒辦法的口吻說：

「那蟲我拿去丟了。」

美晴全身僵住，回視勳夫。

「你說什麼……？」

「就拿去丟了啊。妳忘記今天早上說的話了嗎？」

「今天早上？」

「報紙上不是說了嗎？那種病有可能傳染，所以我說差不多該把那隻蟲丟了。而且比起我，妳跟那東西相處的時間更長，我這可是為了妳著想。」

美晴記得看到報紙內容，和勳夫交談。雖然和後來的夢境混淆在一起了，但那似乎是現實。那麼，從哪裡開始是夢？

「……那我怎麼說？」

勳夫眼神冰冷，冷漠地回答：

「妳說妳頭很痛，什麼都不想去想，說妳要去睡覺，隨我的便。所以我把它載去丟掉了。」

美晴失聲無語，當場癱軟下去。

※

我不喜歡自己的家。因為我的家庭總是否定我，讓我強烈地感到沒有容身之處。

家裡有父母、祖母、我和妹妹，共五個人。父母和祖母很嚴厲地管教我，他們把對長女的期待、女孩子就該如何的成見強壓在我身上。只要我做錯任何事，立刻就會挨罵、挨打，有時候還會被逐出家門。

妹妹看著挨罵的我長大，成了一個八面玲瓏的人，精通討好大人、察言觀色之道。我們姊妹的差距愈來愈大，妹妹受到大人寵愛，而身為姊姊的我總是被拿來和妹妹比較，被說是廢物，被冷漠地疏遠。

大人總說我是姊姊，必須忍耐，妹妹的任性卻受到容許。家裡對妹妹非常驕縱，強制我做的每一件事，妹妹都可以不必做，每個人都偏袒她、疼愛她。

妹妹很擅長看人臉色，很清楚大人的底線在哪裡。她總是在這個範圍內耍任性，就像把周圍的人玩弄在掌心的小惡魔。妹妹這樣的舉動被家人善意地解釋為調皮可愛。而且妹妹很會撩撥大人的自尊心，巧妙地討到想要的東西，所以或許她也很擅長操縱人心。

妹妹牽著大人的鼻子走，玩弄他們，沉浸在優越感當中，同時瞧不起我，恥笑我，說「姊姊有夠沒用的」。

有時我會很氣妹妹，拉扯她的頭髮，用指甲抓那張可恨的臉孔。妹妹瘋狂大哭，叫來大人，誇張地扮演被害者，引來同情。最後又是只有我一個人被惡狠狠地訓斥。

暴力、粗魯、個性扭曲、成天鬧事的長女。這就是「我」在我們佐上家的形象。我內心只有身為家中異物的感覺。沒有我，整個家會更和樂的感覺。沒有人需要我的感覺。還有憎恨的感覺。

我痛恨妹妹。痛恨只疼妹妹一個人的奶奶。痛恨只會逼我忍耐的父親。痛恨用長女為由整天逼我做家事的母親。

家裡沒有我的容身之處，因此我成天在外面和朋友廝混。即使家中嚴格規定門禁時間，我照樣反抗，瘋狂夜遊。我覺得家人只會排斥我、虐待我，我何必聽他們的話？

高一的時候，我懷了大我三歲的大學生男友的孩子。因為我才十六歲，家人和親戚都極力反對。

但十六歲的女人已經可以結婚，在法律上應該沒有問題。什麼「妳還是高中生」、「傳出去像什麼話」，我都覺得關我屁事。

我想快點離開這個家。我討厭自己的家。——我恨死這個家了。

所以我結了婚，丟掉佐上這個姓。因為想要盡快獨立出去，因此以被斷絕關係的形式離開家，我反而爽快極了。可以冠夫姓也讓我覺得開心。

我想要快點埋葬掉那個硬被塞進周圍要求的無聊框架而扭曲變形的自己。比起妹妹、比起父母和任何一個親戚，我一定是最討厭「佐上乃乃香」的人，我恨她，恨到想要殺了她。

我相信我可以拋棄過去的一切束縛，重生為另一個人。我甚至認為我可以和丈夫孩子建立起幸福的家庭，給原生家庭好看。

然而婚姻生活比預想中的更快畫下了句點。對丈夫來說，我和女兒似乎是他的重擔。他說這種生活太拘束了，他還想再多玩一些。如果說因為他還是學生，或許也就這樣了。比我大三歲，應該可以依靠的他，精神上卻不夠成熟，沒辦法當個父親。

對於太過年輕的小媽媽，世人的眼光很冷漠。若是單親母親，就更是如此了。但我依然沒有氣餒。我在周遭全是敵人的環境中長大，早就培養出雜草般強勁生長的自信。

我很堅強。所以這點逆境，我可以承受、克服。我這樣想，鼓舞自己。離婚後，再次變回「佐上乃乃香」的自己讓我討厭得不得了，但我對自己說，改姓一點都不難，激勵自己。佐上的姓很快就可以再次拋棄，佐上家的詛咒，輕易就可以切斷。

最重要的是，現在的我不是一個人，我必須保護、扶養女兒才行。我懷著這樣的想法，拚命工作。

我在職場認識了津森康明。他很溫柔，充滿包容力，能夠接納我的一切。和他在一起，我感到無比的安寧。雖然他無法令我感到刺激，但我認為他是個可以託付的對象。

我非常需要丈夫，以及扶養孩子的父親。他說他不在乎我離過一次婚，還有個拖油瓶，想要和我在一起，因此我毫不猶豫地決定再婚。

婆婆也待我非常好。她把我當成親女兒一樣溫暖地對待，我彷彿開了眼界，發現世上原來有如此溫暖的家庭、有如此溫暖的人。我非常感謝這樣的際遇。

我覺得一切都在好轉。儘管遭遇過許多辛酸痛苦，但今後我們可以往前進，即使遇到困難，也能夠克服——

然而女兒卻變成了異形。毫無徵兆，某一天，突然。

就好像一直深信可以踩踏的大地整個崩塌了，再也不可能站得安穩。

為什麼是我女兒？

我滿腦子只有這個疑問。說到異形性突變症候群，我聽說都是尼特族和繭居族——是那些無可救藥的年輕人才會得的病。但我的女兒不屬於這些族群。至少我認為不是。

……確實，女兒紗彩喜新厭舊，什麼事都做不久，而且個性懶散。我也承認她的生活很不穩定，專門學校念到一半就不讀了，沒有找正職，到處打工，幫忙家事。

也許她差點就快偏離社會的齒輪軌道，但絕對不是社會不適應者——應該不是。

我不願意相信。自己的女兒有重大的缺陷，是被烙上烙印、任人指點的人，這有誰能夠相信？

過去拚命夯實的地面、鋪整的道路全是假的，其實我和女兒都站在薄冰上面——這，絕對不可能相信。

而且人變成異形這種事，若非親眼目睹，實在不敢置信。不是變成異形，其實是被掉包的解釋還要更健全多了。這麼一來，就等於是相信外星人綁架、科幻這類電影情節，不，說不定連電影都比這種宛如超自然的現實世界更令人信服。

外星人綁走紗彩，留下一隻複製了紗彩臉孔的狗……

光想就覺得荒誕可笑。不管我如何提出假說、發揮想像力，這隻人面犬毫無疑問就是我女兒。不是臉長得像紗彩，而是如假包換就是紗彩，因此無從懷疑那就是她本人。

在我逃避現實的期間，是婆婆在照顧這個家、照顧我和女兒。對於變成異形的紗彩和沒有血緣關係的我，婆婆沒有絲毫厭惡的樣子，照顧我們，溫柔地鼓勵我們，要我們重新振作起來。我回想起婆婆慈愛的眼神。

我這輩子裡，有誰對我這麼好過嗎？

然而諷刺的是，善良的好人總是不長命。也許是日常生活中有太多讓她操心的事，婆婆毫無前兆地突然就走了。

我當時的心情，真是屋漏偏逢連夜雨，整個人失魂落魄，但整個人摔到深淵的衝擊，也讓我有些清醒過來了。

不能一直沉浸在悲傷和絕望當中。這次我真的必須和女兒兩個人過下去。我這樣想，再次要自己振奮起來。

紗彩已經辦理死亡登記，戶籍上已經是死人了。她毫無保障，也沒有任何權利。我覺得就好像飼養著一個亡靈。

停留在原地令人不安，因此我決定繼續往前走。會參加家屬互助會，或許也是想要留下類似我採取行動的實績。不過能認識相同處境的人，是個很大的收穫。

田無美晴——美晴姊和我母親有些神似。長得像自己討厭的母親，我理應要對她感到厭惡才對，然而卻未如此，是因為她的氣質更要柔和許多的緣故吧。

每當看到她微笑的面容，一股懷念總是會油然而生。是我和家人為數不多的溫柔記憶中，在我非常年幼的時候看過的表情。

每當胸口被鄉愁和寂寞所揪緊，我便會自覺到，即使如此排斥、厭惡與憎恨，我在內心深處還是渴望著母愛。我渴望著小時候無法得到的某種感情。但我也明白，那應該是往後一輩子都不可能得到的滿足。

美晴姊不是我母親。同時她與我類型也截然相反。她應該不會打小孩，也不會罵小孩，然而她的兒子卻變成了繭居族，甚至變異成異形，所以她應該也有屬於她自己的問題。

異形性突變症候群——關於這奇妙的疾病，我自己有一套假說。也就是問題並不全在變異的人身上，他們的父母——家庭本身就有問題，所以才會發病。

參加家屬互助會的人，我覺得他們都有共通點。我很清楚自己是個有嚴重偏見的人，因此不知道這樣的觀察客不客觀。但即使想要拿掉主觀，結果還是只能透過自己的眼睛去看、用自己的腦袋思考，所以無論如何都只能是主觀的。

我感覺自己本身有某些問題。具體來說，我和女兒的母女關係不夠完整，所以即使女兒都過了叛逆期，仍會因為一些細故，對我擺出不耐煩的態度吧。變異之後仍會凶暴地攻擊我，也是這個原因。

為時未晚。我想要理解女兒。我想知道紗彩在想什麼、對我抱著什麼想法。

我懷著這樣的念頭，踏進了紗彩的房間。

女兒的房間基本上到處堆滿了衣服，相當雜亂。直到今天我都沒有去動，保持原狀，但現在我想稍微整理一下。……因為我覺得只要這麼做，一定能理解什麼。

這陣子天氣一直很陰沉，但今天是個久違的大好晴天。天氣好的日子，身體狀況也會變好。活力泉湧而出，是最適合打掃整理的日子。我把玄關門打開一條縫，讓家裡空氣流通換氣，著手整理。

整理女兒的房間，感覺有點像在整理遺物。事實上或許就是如此。這些衣服的主人已經不會再次穿上它們了。我穿年紀也不適合了，因此只能丟了吧。但我仍對此感到抗拒。如果把她的東西丟掉，紗彩一定會生氣，因此我只是把每一件衣服攤開，撫平皺褶，摺起來收好。

將四散的流行雜誌和漫畫放回書架，化妝品收進化妝包裡。丟在地上的包包收好，地板上的東西清空後，用吸塵器吸地。光是這樣，空間就變得清爽，煥然一新。

房間收拾整潔，感覺心情也同時得到了整理。我喜歡整理和斷捨離。

接下來呢——我望向堆滿了各種小物的桌面。隨意亂放的布偶、文具、相框、舊月曆、吊飾和鑰匙圈。看不出統一性和特別的喜好。如果說反映出紗彩喜新厭舊的個性，確實如此。

我打開抽屜，確定裡面還有沒有空間，發現抽屜裡還滿空的。收著信封信紙、便條本、別人送的問候卡，還有一些老玩具。甚至有用完的護唇膏等形同垃圾的東西。

我接著打開旁邊的抽屜查看。裡面放了一本書。我忍不住拿出來，發現硬殼封面的那本書似乎是日記。

——紗彩的日記。

胸口微微跳了一下。

記錄了每一天內心想法的這本日記……想要理解女兒，再也沒有比這更恰當的資料了吧。

裡面到底寫了些什麼？三分鐘熱度的紗彩真的有辦法持續寫什麼日記嗎？我懷著期待，翻開封面。

日記本的第一頁，日期已經是一年以前了。內容都很普通。打工職場的前輩讓人生氣、遇到奇怪的客人，讓人頭大等等，記錄著平凡的日常生活。

接下來的日期隔了幾天，連續寫了兩天，又跳了一天。有時相隔一星期以上，但沒有在途中變成白紙，儘管日期跳躍，似乎仍繼續寫下去。

日記的內容有時候只有一行，有時寫了好幾行的心情。紗彩好像有某些特別的感受，或是有空的時候才會寫日記。

在一堆「好累」、「好懶」的抱怨中，有時會出現相當異質的文字。是有些抽象的、甚至富有詩意的、自我陶醉的文字。那描述的是對某人的情愫。紗彩似乎在單戀某個無法有結果的對象。

即使明白不可能說出我的心情，還是會為了一點小事而開心。

實在是太典型、戀愛中的少女會幻想的內容了。雖然覺得似乎不該偷看這種內容，但我還是抵擋不了想要知道女兒到底在單戀誰的好奇心。

有時我會做出不可能的想像。如果他沒有結婚，我也有機會嗎？這類的事。可是想也是白想。因為那樣一來，我們絕對不可能相遇，對他來說，我也只是個與他毫無關係的女生。

對方應該比紗彩年長，而且已婚。似乎是毫無希望的戀情。紗彩對此也有自覺，卻仍無法放棄，寫下戀戀不捨的文字。

希望有一天他能把我當成特別的人。如果有那麼一天，他不是把我當小孩，而是視為一個女人看待的話……。但即使如此，他和我也絕對不可能結婚。再怎麼樣，這都是不可能的事。

她這麼愛慕對方，為何態度會如此消極？我訝異地看下去。滑動手指，循著文字閱讀，動作在無意識之中停住了。

與其如此，倒不如從一開始就真的有血緣關係。

激烈的狗叫聲突然響起，我驚訝地抬頭。

抬眼一看，紗彩就站在門口。

「……紗彩。」

我呆了一下，急忙把手中的日記藏到背後，但已經太遲了。紗彩看到我偷窺了她的祕密，滿臉憤怒地低吼。

「紗彩。」

紗彩以從來沒有聽過的凶狠叫聲狂吠著，如果她是人，能夠說話，肯定正在怒吼著質問我吧。

——為什麼隨便進我的房間！為什麼亂翻人家桌子，偷看人家日記！

紗彩小巧的身體一陣抖動，朝我的腳撲了上來。

「好痛！」

小腿被惡狠狠地咬了一口，我忍不住當場蹲下去。我反射性地抬手要打，卻垂了下來。

我明白是我不對。而且日記的內容——

我沒有打她，而是對紗彩投以疑惑的眼神。我不得不這麼做。

紗彩微微低吼，蹬著後腳像要後退。臉上的表情從憤怒轉為不知所措，尷尬萬分。

身體是狗，卻只有臉是我所知道的紗彩，因此我很熟悉那張表情。是辯解「我沒有錯」的表情。

紗彩無所適從地輕叫了一聲，突然掉頭往客廳跑了過去。

「等一下，妳要去哪裡？」

爪子在地板上撞擊的喀喀聲逐漸遠去，終於消失了。這時我想起玄關門沒關。

「等一下！」

我勉強站起滲血而隱隱發痛的腳，追了上去。紗彩不在客廳，屋內一片靜悄悄。我直覺紗彩跑出外面了。

我急忙趿上拖鞋跑出公寓走廊。幸好，除非電梯剛好打開門，外形是狗的紗彩不可能搭電梯，那麼她是從樓梯跑下去了。

我也沒辦法悠哉地等電梯，衝下樓梯。完全沒看到紗彩的蹤影，所以不知道她是不是真的跑來這裡了。如果只是白操心一場就好，但我很擔心。

公寓基於保全考量，樓梯一樓和戶外之間有一道自動鎖的門，只有從裡面可以不用鑰匙打開，但紗彩搆不到門把。

跑到最底下時，我看見紗彩趴在門上，拚命地伸出前腳。該說不出所料嗎？實在不能小看直覺。

紗彩發現我，一邊威嚇，一邊退到角落邊。

「我們回家吧。」

我盡可能柔聲對紗彩說。

「是媽媽不好。我會當做什麼都沒看到……」

嗚嗚嗚——女兒依舊保持威嚇的姿勢。

我慢慢地靠近，她就後退，想要和我保持距離。

正當我準備強硬地抓住她的時候，門突然從外面打開了。

「啊……妳好。」

進門的中年婦人應該是公寓住戶。她被站在門邊的我嚇到，用有些懷疑的眼神看我，但還是向我打招呼，我也有些嚇到，向對方頷首。就在這瞬間——

紗彩趁機鑽過門縫，衝出外面了。

「紗彩，不可以！」

我推開驚嚇的婦人，急忙追上去，紗彩穿過公寓後方的停車場，往國道反方向的住宅區逃跑了。狗跑得很快，我幾乎就要追丟，但仍拚命追趕。

「停下來！」

我身上穿著居家運動服，頭髮也亂糟糟的，腳上踩著拖鞋，完全是不修邊幅地在住宅區奔跑。我知道擦身而過的路人都用奇異的眼神看我，但我還是繼續追。

白色毛球滾動似地在我前方狂奔著。她要去哪裡嗎？應該只是沒命地往前衝吧。只為了逃離我，紗彩拚了命地往前跑。

——拜託，等一下，妳到底要去哪裡？

我拚命追趕那嬌小的身體。一心一意追趕為了甩掉而我全力衝刺的紗彩。

忽然間，一樣東西闖入我的視野。道路反射鏡中移動的小影子。從轉角另一頭開來的車子。

「紗彩——！」

我的聲音究竟有沒有傳進女兒耳中？

緊急煞車的聲音、鈍重的撞擊聲。

我奔跑的腳一軟，慣性地繼續前進了幾步，就這樣停佇在原地。那樣拚命追趕都無法縮短的與紗彩的距離，只剩下一公尺而已。

駕駛座走下一個臉色很差的中年男子。他繞到車子前面查看。

紗彩白色的毛皮染成了鮮紅色，不自然地扭曲的腳微微痙攣，噴出一地的血，倒在其中。她的肚子破裂，跑出繩狀的東西。我無法直視，只是茫茫然地看著男子。

「那是妳的狗嗎？」

男子苦著臉對我說。
「誰叫妳不綁起來？就是有妳這種不負責任的飼主，製造麻煩。要是自作自受也就算了，撞到的我也很不舒服耶。車子被弄髒，還被刮傷，有夠倒楣的。」
男子蹙起眉頭嘆氣，蹲下來檢查車子底下。
「我得說清楚，寵物的賠償——損毀器物罪，只有物主確實負起管理責任的情況下才需要賠。這次的情況叫過失相抵，是不需要賠償的……」
男子說著，重新站直，不經意地往紗彩一瞥，那雙眼睛陡地瞪大了。
「天哪！這什麼東西！怎、怎麼會有人的臉！」
紗彩微弱地嗚叫，前腳無力地划過空中。
男子目擊怪物般的眼神轉過來看向我。比起千言萬語，他的眼神更赤裸裸地道出了社會對變異者與其父母的觀感和評價。
「饒了我吧，我不想跟這種東西扯上關係。」
男子說，逃之夭夭地坐上駕駛座。引擎聲響起，車子像要避開紗彩似地大大地繞了個圈，一眨眼就不見了。
留在原地的我，在那裡呆立了半晌。
周圍的聲音消失，空間一片寂靜。其中只有我和倒地的紗彩。
我慢慢地走近紗彩，跪下膝來。柏油路灼燙極了。今天天氣真的很好，萬里無雲。

無力地橫躺在地上的身體已經一動也不動了。

紗彩——我呼喚。

沒有任何反應。

雙手伸向染上斑駁紅褐色的骯髒毛皮，撈了起來。

手上感覺到的是溫暖，和溼黏。她的手腳前伸，抬起來一看，便隨著重力下垂。破裂的腹部流出來的東西，灼熱地沾溼了我的膝腿。

紗彩忘了眨眼的雙眼對著某處。可能什麼都看不見了。微微張開的嘴巴沒有任何呼吸。

發生了什麼事？……我不是很能理解。腦袋的運轉變得極為緩慢，就連時間的流速都好似變得遲緩。

體溫徐徐地變得冰冷。我將手中逐漸化成沒有生命的物體的紗彩抱進胸懷，想起了她還是嬰兒的模樣。

——被白色的襁褓柔軟地包裹，連眼睛都還沒有睜開，只是動著小巧手指啼哭的紗彩。

我想起了第一次抱起剛出生的獨生女的感覺。

第四章

1

「喂，妳要去哪！」

美晴甩開勳夫的制止，抓起車鑰匙，氣急敗壞地衝出家門。

——得去找小優才行。

勳夫完全沒有內疚的樣子，反倒一副神清氣爽的態度，說他把優一丟掉了。美晴逼問，他說他在美晴睡覺的時候開車把優一丟到附近的山上了。

——他怎麼做得出這種事？

對勳夫的失望與疑問在心中揉雜著，美晴趕往目的地。她看著汽車導航的記錄，拚命回溯路線。

現在是夏末的午後四點半。雖然光線仍然明亮，但再過個一小時，天很快就會黑了。就這樣入夜的話，實在難以搜索。但美晴完全不打算暫緩行動。

——得快點去把小優接回家！

畢竟優一是那種外形，對外在威脅全無招架之力。如果遭到野生動物攻擊，肯定不堪一擊。無論是鳥還是山豬都一樣。他不懂得保護自己，就如同嬰兒般脆弱。

勳夫把優一載去丟掉的山上，雖然車子也有留下記錄，但美晴大概知道在哪裡。是優一小學的時候，把家裡養的狗載去丟掉的山。

那是一隻混種的中型犬，很聰明，會聽人的指令。是優一撿回家的狗，取名叫茶太郎，疼愛有加。

但是某天茶太郎不知怎麼搞的，咬了勳夫的手。美晴不清楚理由是什麼。她問過勳夫，但勳夫只說狗突然咬他。傷得很嚴重，大概縫了三針。結果勳夫說狗很危險，決定不養了。

優一大哭抗拒，但勳夫心意已決。考慮到萬一，美晴也覺得害怕，因此沒有反對勳夫的決定。

不是把狗送去衛生所，而是丟到山上，似乎是勳夫的慈悲。如果送去衛生所，只有被處死的下場。因為優一抗拒得太激烈，所以勳夫才說那丟到山上。——當然，將動物遺棄在山上是違法的。

茶太郎很聰明，一定能在山上堅強地活下去。勳夫這樣宣稱。但狗有歸巢本能，如果只是丟在那裡，可能很快又會跑回家，所以勳夫在地上打了根鐵樁，把狗繩綁在上面，遺棄在那裡。

勳夫把車子停在山腳，牽著狗上山，一個人下來。等待他回來的期間，優一緊咬著嘴唇，一語不發。回想起來，就是從那之後，優一很少再發表自己的意見，成了一個溫馴的孩子。不難想像，這件事對兒子的情操教育留下了不良影響。美晴轉動著方向盤，這才感覺到無比的罪惡感。

把車子停在路線記錄中斷的地方。美晴抿緊嘴唇，瞪著眼前的林道。再往前的話，連導航都沒有了，但只能前進。她要自己留意別迷失了歸途，拿起車子裡備用的手電筒。下定決心，踏上碎石路。

美晴一心一意地爬上平緩的上坡路。真的找得到嗎？儘管有這樣的不安，但也只能努力找了。不是能不能找到的問題，而是非找到不可。只有這條路。

空中只有葉子在風中沙沙搖動的聲音，偶爾傳來的鳥囀。除此之外林道很安靜，美晴不停地前進，一路上複雜得驚人的各種思緒在腦中交錯著。

——小優。

優一一個人被丟在山裡，現在怎麼了？光是想像，她就覺得心都快碎了。

他一定很不安。一定很害怕。美晴想像著優一的心情，忽然醒悟一件事。

她曾經好好地去想過，變成異形的優一在想什麼嗎？

美晴眨了眨眼，吐出一口氣。蟬想起來似地大肆鳴叫，很快又停了。

——對於變成了奇妙生物的兒子，她不是把他當成人，而是如同外表，視他為另一種生物。

他一定聽不懂人話。一定沒有人的思維。她任意如此推測，從一開始就放棄去想像優一的內心。

……不，真的是從優一變成異形以後才這樣的嗎？

自己是不是從來就沒有為優一設身處地，發揮同理心，深切地去理解他內心的想法？

美晴的脖子淌出汗水，被比市區更冰涼一些的空氣輕輕撫過。雖然是夏天，但山上氣溫頗低。這樣下去，夜裡應該會覺得冷。優一會不會冷？美晴想著，一邊喘氣，努力移動雙腳。

優一怎麼會變成了一個沒有聲音的孩子？怎麼會變得沒有自己的意見、沒有任何主張，卑躬屈膝、只知道看人臉色？

優一從不反抗、也不動粗，因為很好控制，因此美晴一直覺得他是個好孩子。但結果優一不肯上學，變成了繭居族，而美晴只注意到這些表面的問題點。

美晴心目中的幸福人生，是從像樣的大學畢業、進像樣的公司、有一個像樣的家庭、度過像樣的老後生活。

但，什麼叫做「像樣」？

平均的生活水準。不貧窮，不特別富有，中等程度。

當然，如果要力爭上游也很好，但不能更差。絕不能是底層。……為什麼不行？因為會吃苦。會過得很辛苦。因為美晴不想要孩子受苦。不想要他過著捉襟見肘的生活。

只要是為人父母，自然都會這樣想吧。只要是一般父母，都會希望自己的孩子幸福吧。

所以美晴希望優一是她心目中的「普通小孩」。非是不可。她一直積心處慮要把兒子引導到正確的方向，兒子卻完全不體諒她的苦心，讓她煩躁不已。

但真要說的話，這全是美晴的自私吧。

她曾經好好聽優一說過，他想要什麼樣的人生嗎？她是不是認定優柔寡斷的兒子絕對不可能對未來有像樣的規畫？她是不是認定反正優一絕對無法做決定，所以自己必須替他下決定？

啊……美晴輕聲嘆息。

她一直認為優一是個孩子，所以有必要給他一個藍圖。她認為自己規畫的道路才是正確的，兒子必須走在上面才行，否則就會不幸。

鋪得平平整整的道路。周圍沒有任何危險，直通光明未來的筆直道路。但是在人生當中，每個人都能平等地走在這樣的路上嗎？

也許美晴不斷地提出來的康莊大道，對優一來說，卻是崎嶇難行、連踏出一步都令人躊躇的羊腸小徑。或是就像美晴現在正走著的林道，看不見前方、險阻重重。

雖然覺得沒有前進多少，美晴卻累得停下了腳步。喘氣和腳痛讓她停佇在原地。

遠方傳來暮蟬的叫聲。那鳴叫聲宛如撩撥起寂寥。

與到處都是人的市區不同，山中一片閑靜。周圍沒有任何物體活動的氣息。美晴覺得繼續走下去，可能會與世隔絕得更遠。

就像是從美晴一直相信的「普通人」、「大家」這些大分類、大框架被切離的感覺。她覺得這是非常恐怖的事。

與周圍的人腳步一致，融入大多數群體，那種感覺是不是就像牧場裡成群結隊的羊群？不是特別幸福或不幸的生活。不當出頭鳥挨槍的生活。不會被任何人針對的生活。

然而在這座山裡，美晴完全是「孤獨」的。

愈往深山走，愈是陷入無法回頭的感覺。她甚至不安起來，弄個不好，自己可能在山中遇難，倒在路邊，不為人知地曝屍荒野。

應該回頭說服勳夫要他帶路嗎？應該報警，請警方協尋嗎？美晴想是想過，但她可以輕易想像，勳夫一定打死不肯答應。如果他裝傻說忘記丟在哪裡，那就完了。即使報警協尋，一旦聽到失蹤的是變異者，警方根本不會理會吧。

勳夫過去一再明確地提出想丟掉蟲的打算，但美晴沒想到他真的會使出這種強硬手段。也許她還是想要相信勳夫對優一還存有父子之情吧。

美晴相信，即使變異、即使法律上已經死亡，他們仍是血緣相繫的父子。即使嘴上說得偏激，但他心裡不可能真的放棄兒子。勳夫這個人老派、不善言詞又笨拙，那些話都只是在說反話、故意說難聽話而已，或只是在嚇唬美晴。——或許，美晴就是想要這麼相信。

她想得太天真了。她被類似親子神話的觀念所束縛了。她認定父親絕對不可能拋棄兒子，這是天理難容的事。因為自己是這樣，所以斷定勳夫應該也是如此。她怎麼從來沒有反思過，她這樣的想法才是荒謬絕倫？

美晴抹去額頭的汗水，終於當場坐了下來。她抱住膝蓋，低下頭去。視野被黑暗覆蓋，腦中浮現勳夫和優一的身影。

——家人的連繫。絕對的愛情。只要是父母就一定會把孩子放在第一的盲信。

在美晴心中或許是對的，但在勳夫心中卻不是如此。只是這樣罷了吧。

那，勳夫就不愛優一嗎？美晴思忖，但她不知道。優一出生時，勳夫展露的笑容、讓優一握著手指，細語說「我是爸爸喔」的溫柔嗓音，應該都是真的。花了好幾天絞盡腦汁想名字、為了要買什麼玩具而吵架，應該都是因為他真心為兒子著想。以前確實是愛的。——然而現在卻是這副景況。

因為不要了，所以載去丟掉。因為和期望的模樣不同、因為付出的愛情遭到拒絕，所以笨狗和笨兒子都丟到山上，眼不見為淨。對勳夫來說，就只是這樣而已嗎？……美晴想不透。

美晴和勳夫的生長環境不同，所以觀念也南轅北轍。這是理所當然的事，然而美晴卻認為兩人是夫妻，想法在某程度上應該是一致的。但仔細回想，從來就只有美晴配合勳夫，對方反過來配合自己的情形到底有過多少次？

如果美晴不配合勳夫，他們就無法維持夫妻關係的話，那麼……

美晴想到這裡，低著頭搖了搖頭。現在不是想這些的時候。

長時間的休息讓呼吸完全穩定下來了，但她還沒有抬頭站起來繼續往前進的力量。

「小優……」

到底什麼才是對的，她已經完全糊塗了。

該怎麼做才好、怎麼做才是好的、對的，她毫無頭緒。

在這樣的深山裡抱著膝蓋蹲著，美晴如此孤單。

沒有人可以依靠、可以抓住。

在聽不見周遭雜音的寂靜中，美晴只是面對著自我。

在這裡，唯一真實的就只有自己的腦袋和身體。如果她在這裡喪志折返，也許這輩子就再也見不到優一了。

這樣真的可以嗎？美晴再次逼問著自己。

先把該怎麼做、什麼才是對的等等問題擱到一旁。不採用別人給的標準解答，而是捫心自問到底想要把優一怎麼辦？她能接受就此天人永隔嗎？還是——

意外地，答案馬上就出來了。

2

撫過裸露手臂的風變得更加冰冷，美晴抬頭回望天空。四下落入昏暗，夜色漸濃。

下車的時候，電子鐘顯示的時間已是下午五點多了吧。美晴沒帶錶就出門了，所以甚至不知道現在幾點了。她應該要攜帶聯絡工具，卻沒有帶手機的習慣，從未把它當成必需品。

美晴走得腳都痛了，只能邊走邊休息，但以感覺來看，她覺得應該走到半山腰了。勳夫走到多高的地方、把優一丟在哪裡，一切都只能猜想。太接近山腳不好，但也沒必要帶到山頂，這樣的話，應該會在走累的時候停止爬山，就丟在那裡。

那麼，應該就快找到了——前提是如果沒有搞錯路線的話。

「只差一點……」

美晴喃喃，就像要鼓舞自己。

「就只差一點了。」

美晴心裡沒有拋下優一的選項。不管怎麼想，即使不成人形，兒子就是兒子。

回溯記憶，優一兒時的回憶耀眼閃亮。他是個乖巧、溫柔的兒子。美晴明白她美化了過去。兒時的記憶愈是美好，對長大後的優一的失望也就愈大。她一再地想：不應該是這樣的。

但是對於變成繭居族的兒子，她從來不曾打從心底想：「我不要這個兒子了。」也許是有過應該再生一個的念頭，但是對美晴來說，她的兒子就只有優一，優一就是她的一切。

「……小優。」

他那種身體應該無法行動。還是他想要下山而移動了？

會不會被鳥攻擊？……有沒有受傷？

被勳夫帶到山上，優一心裡有什麼感受嗎？被親人放棄，丟到荒山，就彷彿古時候專門拋棄老人的捨姥山故事那樣被丟棄等死，他是否感到絕望？還是……

——再給我一次機會。

如果美晴錯了，她需要改正的時間和機會。她想要再重來一次。

——拜託，請給我機會。

美晴在內心祈禱著，也不知道是對著誰祈禱。她多次在斜坡上上下下，雙腿的疲勞就快瀕臨極限。

——就在這時，前方森林傳來有東西分開草叢的聲音。

美晴忍不住全身一縮，停下腳步。她以為是風聲，但並不是。

「什麼……？」

她小心翼翼地東張西望。不是有人走過來的動靜，而是某種四足動物敏捷地跑來的聲音。

是野狗嗎？還是……

預測到危險的瞬間，全身的血液幾乎流光了。山中的威脅當然也有可能為害身在這裡的美晴。

她怔在原地，不知道該馬上離開，還是靜止不動。如果跑走，是不是會被追趕？但如果留在原地，是不是只會遭到攻擊？

草叢搖晃。有東西靠近了。明明知道，卻無法正常行動。美晴屏著呼吸，縮起身體。

一隻四足動物跳到眼前。下垂的耳朵、細長的臉，斑點花紋和內卷的尾巴，還有附骨頭吊飾的水藍色項圈。美晴認得這隻狗。

「茶太郎？」美晴提心吊膽地問，狗忽然掉頭，往前走去。走了幾步，在不遠處又回頭，直看著這裡。

「咦……？」

美晴訝異地出聲，狗再次轉向正面，立刻又回過頭來，看起來也像是在說：「往這邊。」美晴站著不動，狗便急躁地再三重複相同的動作。

「是在叫我跟上去嗎……？」

美晴困惑地跨出腳步，狗見狀再次往前走。美晴停步，狗也跟著停步，美晴前進，狗便也跟著前進。果然是想要把她帶去哪裡。

美晴感到很不可思議。丟掉茶太郎，已經是十五年以前的事了。即使後來牠活下來了，也不可能以如同美晴記憶中的模樣出現，但她還是能確定眼前的狗就是茶太郎。若問她理由何在，她也答不出來，只是直覺這樣告訴她。

狗在途中離開林道，進入森林裡。雖然美晴不太願意偏離鋪好的道路，但現在的她只能依著引導跟上去。

太陽幾乎就要西下了，樹木隙縫間的天空呈現帶紫的色彩。難得一見的色彩讓美晴有股奇妙的感覺，她繼續跟著狗前進。

牠到底要把我帶去哪裡？

美晴納悶著，一心一意地往前走。相同的景色持續著，即使回頭，也看不到一開始走的林道在哪裡了。

美晴走在分不清東西南北的地方。這等於是確定遇難了。

——如果茶太郎怨恨拋棄牠的美晴一家，是故意要讓她迷失，讓她無法回家，不是也很理所當然嗎？茶太郎是隻很聰明的狗，應該有這樣的智慧。這會不會是陷阱？是不是報復？

美晴浮現這樣的想法，結果狗邊走邊回頭，時機巧妙得就好像看透了她的心思，令她驚訝。

渾圓的黑眼珠注視了美晴一下，又轉回前方。美晴不清楚其中有何含意，但至少感覺不到惡意或敵意，因此還是繼續跟著牠走。

走在前方的狗，項圈上的骨頭吊飾搖晃著。是優一挑選買給牠的。寵愛茶太郎、積極照顧牠的，就只有優一一個人。在優一小學放學回家前，美晴對茶太郎只有最起碼的照顧。她曾經帶茶太郎去散步過嗎？飼養茶太郎的時間實在太短暫，她甚至連這都不記得了。

仔細想想，美晴也許總是刻意與責任保持一段距離。她從不違抗勳夫嚴格的管教方針，把許多事情都交給他，或許就像是站在一道牆外，只是從外圍插嘴干涉而已。

像這樣回想著，自己的種種缺失便不斷地浮現出來。美晴微微俯首，盯著草叢移動雙腳。

這樣下去會走到哪裡？因為自己沒有做好應盡的本分，所以終點只能通往地獄嗎？

美晴自嘲地想著這些，不經意地抬起頭來。

同時眼前的狗回過頭來。牠看了看美晴，隨即加快前進的腳步。

「等一下！」

美晴追著跑了幾步，忽然停住。不知不覺間，美晴從樹木環繞的森林走到了一處開闊的場所。

到處倒落著細瘦的枯樹枝幹，深處鬱蒼的樹木形成濃重的陰影。美晴茫然地站在這宛如死路的地點，看見眼前豎著一根生鏽的鐵樁，上面牢牢地綁著一條疑似牽繩的東西，垂掛下來。

「茶太郎？」

應該走在美晴前方的狗忽然消失了。她這才害怕起四周的黑暗，打開手電筒。她慌忙照亮四周，發現了一樣東西。
離鐵椿幾公尺外的樹木旁，擺著一個熟悉的包包。
美晴懷著有些難以置信的心情，靜靜地走向包包。
——我認得。我認得這個包包。因為這是我親自去買，好幾次揹著出門的包包。
她也知道裝在裡面的是什麼。
她一清二楚。
美晴蹲下，雙膝跪地，打開緊閉的拉鍊。
嘰……聲音響起。包包微微撓彎，打開一條縫的袋口曝露出內部。
裡面的東西對探頭看的美晴有了反應，慢慢地抬起頭來，那毫無疑問就是優一。
「小優！」
美晴忍不住伸手，優一驚嚇地把頭縮回包包裡，過了一會兒，才又觀察狀況似地再次提心吊膽地抬頭。
那模樣不管怎麼看都很奇妙，不是熟悉的人形，而是完全說不上可愛的異形姿態。
然而對美晴來說，那如假包換就是她一直在尋找的兒子。
能夠找到優一，讓美晴喜上雲霄，即使看到那蟲子的外表，也不像以前那樣只覺得恐怖了。
「對不起喔，小優，你一定很害怕吧？」
美晴連同包包抱緊了優一說。

「可是已經沒事了，媽媽陪著你。」

優一的下顎沙沙動著。美晴不知道那是什麼意思，但她認為優一一定是想跟她說什麼。

她再次輕輕地把手伸向優一的頭。這次優一沒有驚嚇地縮回去了。

實際一模，觸感光滑。不是美晴之前想像的那種粗糙可怕的觸感。

自從優一變成異形以後，美晴甚至沒有直接摸過他。即使知道那是兒子，她依然覺得害怕、嫌惡。

然而實際一摸，一點都沒什麼好可怕的。美晴第一次知道，優一身體的觸感和溫度，就像嬰兒一樣光滑。

「……喏，我們一起回家吧。」

周圍已經暗下來了，星辰亦黯淡無光。但美晴不可思議地確信可以平安回到家。

將包包揹上肩膀，折回來時的道路。她覺得在森林裡走了很久才找到優一，然而林道就近在眼前。

她想起彷彿為了指引她而現身的狗，回望鐵椿。仔細一看，牢牢地綁死在上面的牽繩前端，繫著骯髒的藍綠色項圈。

「是茶太郎嗎……？」

美晴看著沾滿泥巴的骨頭吊飾，在原地合掌。

3

「妳怎麼把那東西帶回家了？」

勳夫等在那裡似地站在玄關說，這話對美晴而言毫不意外。她不知道勳夫從什麼時候就在那裡了。應該是聽到外面的車聲而出來的，但她對過程不感興趣。

「這跟不想合作的人無關。還有，不要那樣叫他。」

「不然要怎麼叫？」

「你真的完全不懂。我不是老叫你不要把優一當成東西嗎？」

「妳還在把那東西當成優一？」

「你才是，到底要說到什麼時候？你這不叫頑固，根本是無理取鬧了。」

「這話我原封不動奉還給妳。」

「恕我不接受。」

美晴頂撞回去，甩開勳夫趕往客廳。她把包包放到沙發上，將拉鍊整個打開來。

「來，優一，到家囉。熱不熱？還是肚子餓了？」

「妳這根本是瘋子行徑。」

勳夫追上來說，美晴白了他一眼，去冰箱蔬果室拿了一顆高麗菜，像平常一樣撕下三片葉子。

「妳或許無所謂……」勳夫話中滿含尖刺地說：「但我怎麼辦？我已經受夠每天看到這噁心的蟲了。我受不了了。」

「真辛苦喔。」

美晴一臉事不關己，看也不看勳夫。

「那你暫時離開一段時間怎麼樣？」

「妳是在叫我搬出去？這裡可是我的家。」

「那你是要我們滾出去嗎？」

勳夫皺起眉頭，一臉苦澀。

「何必連妳都離開？把那隻蟲處理掉就夠了。」

「你真的不懂……」

美晴餵優一吃高麗菜葉，深深地嘆了一口氣。

「我要和優一生活。如果你不願意，那你搬出去。如果連這也不願意，那我們搬出去。」

「妳太誇張了。」

「把自己的孩子丟到山上，這才叫誇張。」

「夠了。」

勳夫撂下這話，敗下陣似地回房間去了。美晴瞥著他離開的身影，再次嘆氣。

往下一看，與彷彿正看著她的優一目光碰個正著——雖然完全只是美晴這麼感覺，但優一看起來有些擔心——美晴露出為難的笑。

「沒事的……不會有事的。」

看看時鐘，已經快晚上八點半了。雖然有些晚，但美晴接下來要吃晚飯。

勳夫已經吃了嗎？流理台沒有餐具，但垃圾筒裡有超商便當容器。

看著容器，美晴感觸良多地想：她不一定非替勳夫做飯不可。勳夫是大人了，如果肚子餓，自己會去買東西吃。這是天經地義的事。

自己真正該做的是什麼？美晴思考。她現在最需要做的事，至少不是討勳夫的歡心。

美晴身邊有個切實地需要她幫助的存在，那就是變異後的優一……是身心背負了無法一個人承受的問題的、美晴唯一的兒子。美晴身為家人、母親，能夠做的就是支持他。

「小優，從今以後——」

美晴撫摸啃著菜葉的優一的頭說。

「和媽媽一起重新來過吧。」

她不知道自己能夠做到多少，也不知道這是不是真的對優一好，但美晴還是想要積極面對。

一邊摸索、嘗試，即使會做錯、失敗，仍要一樣樣改善，過著對彼此都好的生活。

感覺上這想法實在太模糊、太天真了，而且困難重重。但美晴還是下定決心。決心要盡可能誠摯地面對兒子。

優一停止啃菜葉，抬頭看美晴。雖然不明白優一的意思，但美晴只是微笑，繼續撫摸放在他頭上的手。
沙，優一的下顎發出輕響，再次啃起菜葉來。
美晴默默地守望著。
不期然地，隔天發生了成為轉機的事。
美晴正在用吸塵器吸地，門鈴突然告知有客人來訪。
「來了！」
美晴應聲，立起吸塵器，前往玄關，結果才剛打開門鎖，門板立刻有些粗魯地從外面拉開了。
「媽……」
「打擾了。」
敏江霸道地說，也不等美晴同意，便直闖家中。
「等一下，妳突然來要做什麼？不要這樣……！」
美晴追趕著敏江踩出響亮腳步聲往內走的背影，結果敏江突然停步回頭，瞪住美晴：
「我聽勳夫說了，妳還在養著那個怪物？」
「優一他──」
「他說他再也受不了了，我實在是聽不下去，特地搭了一小時的電車過來幫妳們。」
難道美晴應該說「媽辛苦了」嗎？美晴根本沒有拜託，敏江卻施恩於人似地這樣說，實在是令人困擾的好意——不，徹頭徹尾就是困擾。

「既然你們沒辦法解決，只好我來幫你們解決了。這也是為了勳夫。」

「媽，妳到底要做什麼？」

敏江大步走進客廳，東張西望，接著看見躺在沙發上的優一，「噫」了一聲。

「天哪！太可怕了，美晴！這什麼恐怖的東西！」

敏江尖叫顫慄，優一抬起頭來，微微戒備。

「喂，媽，住手！」

「我說妳、我說妳啊！居然……天哪，太可怕了！妳怎麼把這種東西放在這裡！」

優一搖晃觸角，觀察了敏江的反應一會兒後，挪動身體，從沙發「啪」地一聲掉到地毯上，爬行著像要逃走。他的動作遲鈍滑稽，甚至惹人憐憫，但似乎只讓敏江覺得驚駭萬分。

「它要跑了！美晴，抓住那個怪物！」

「媽在說什麼？都是因為媽吵鬧，才會嚇到優一。」

「嚇到……？嚇到的人是我好嗎！」

敏江甩亂了頭髮說，從提在手臂上的小包包取出噴劑。美晴還來不及看清那是什麼，敏江已經飛快地搖晃了幾下罐子，毫不猶豫地朝優一噴射。

「嗶咿——！」

優一發出從來不曾聽過的尖厲慘叫，扭動身體，美晴見狀從背後架住敏江，制住她的動作。

「媽，妳做什麼！」
「這是我要說的話，放開我！」
敏江掙扎，美晴從她手上搶走噴罐。仔細一看，罐身上印著「殺蟲劑」。
「優一！」
美晴把噴罐遠遠地扔出去，急忙跑近優一。痛苦扭動的優一表皮微微變紅了。
「妳居然──妳對優一做什麼！」
美晴怒不可遏的樣子似乎稍微嚇到敏江了，但敏江「哼」了一聲，嘴角嘲諷地扭曲：
「我是在替沒有勇氣弄髒自己的手的你們消滅害蟲。這怎麼了嗎？真是不知感恩。看，殺蟲劑有效，就表示他是個害蟲，妳應該感謝我才對。」
聽到這大言不慚的話，美晴以憎恨的眼神瞪著婆婆。
從剛結婚的時候開始，婆婆便總是對她百般挑剔、酸言酸語，但她總是努力隱忍──但她沒想到婆婆居然如此狠心。
美晴感到長年來的積怨一口氣爆發，憤然起身說道：
「妳這個劊子手！」
「什……」
「滾出去！」
美晴在憤怒驅使下，抓住敏江的肩膀，一路把她推到玄關。狼狽的敏江嚷嚷叫囂著，但美晴不理她說什麼，開門把她推出去，迅速鎖上了門。

「養那種怪物，說那什麼話！誰才是劊子手！萬一動夫因為壓力過大病倒了，妳要怎麼賠我？妳這個瘋媳婦！沒常識也要有個限度！」

敏江敲門大叫著。仔細一聽，全是在擔心動夫，美晴理解對敏江而言，兒子動夫比什麼都重要，但對美晴來說重要的只有優一。

「居然噴殺蟲劑，太過分了……」

美晴聲音顫抖地喃喃道，抬頭對門大喊：

「妳再吵，會吵到鄰居的！我要報警了！」

「什麼報警，要報警的人是我！少一副被害者嘴臉！」

美晴丟下在門外喊叫的敏江，跑回優一身邊。優一已經不再扭動身體了，但表皮依舊赤紅，就好像發炎了似的。

「太可憐了……」

美晴輕輕一碰，優一的身體便微微一彈。他緩慢地轉頭，只是對著美晴看著她，就像在傾訴什麼。一想到無法說話的優一只能像這樣表達意志，美晴心痛極了。如果可以說話，就可以喊痛喊苦，說明狀況，或傾吐怨言了——

——可是仔細想想，或許我從來沒有好好聽他說話。

不知何時開始，優一早就放棄向美晴和動夫傾訴自己的事了。不管是感情、想法、自己的狀態，甚至也不求助了。這應該是因為優一對父母失去了期待與信賴的結果吧。也許他認為就算說了也只是白費工夫。

——但即使無法改變過去或已經發生的事，還是可以改變往後。只能付出時間，耐性十足地找回優一的信任。

或許應該把現在的優一當成不會說話也聽不懂人話的動物，倒不如說，他就像個嬰兒。就像只是存在於那裡、只是呼吸著，就令人滿心喜悅的剛出生時期。不求什麼，而是無條件地去接納。然後絕不錯過孩子發出的任何訊息。

「我們去醫院吧。還有，得搬去更安全的地方才行……」

美晴用溼毛巾擦拭優一的患部說，做了一個決定。

4

美晴去了櫻井醫院。她想起以前春町提過這家醫院，所以帶優一過來，然而還是很擔心院方真的願意診治優一嗎？

有些緊張地入內一看，眼前的景象宛如動物醫院候診室。唯一不同的是，被帶來的不是一般的貓狗，而是異形……

「呃，不好意思。」

美晴在櫃台出聲，神態憔悴的中年女職員回過頭來。

「我是第一次來……可以看診嗎？」

美晴問，櫃台人員一語不發，只是瞥了她一眼，遞出初診單。意思好像是叫她先填資料，櫃台人員的態度很差，讓美晴有些困惑，但她還是拿起原子筆。

初診單除了初診時填寫的一般內容外，還有選擇異形類型的項目。狗、貓、鳥、小動物、其他。項目只有這些，美晴勾選了其他，手在備註欄停住了。

可以單純地只寫「蟲」嗎？但美晴也不知道優一正式來說，是類似哪種蟲的異形？

美晴猶豫了一下，最後只寫了「蟲」。如果這家醫院只是獸醫的延伸，真的能夠診療蟲嗎？再說，有專門治療蟲的醫院嗎？

也只能試試看了。美晴這麼想，把初診單交還櫃台。

櫃台人員看了初診單，微微揚眉，簡慢地說「等一下」，消失到裡面去了。是去找醫生討論嗎？如果被拒絕，自己該去哪裡求助才好？

美晴連同包包將優一抱在懷裡，在空位坐下。喘了一口氣後，不著痕跡地觀察周圍。

有的異形外形就像大型犬，脖子繫著狗繩。有的待在寵物籠裡，屏聲斂息。

帶來異形的人，每個人的表情都有著難掩的陰沉與不安，營造出陰鬱的氛圍。而且每一個都是女性。年輕的約四十多歲，然後是和美晴差不多年紀，以及更年長一些、可稱為初老的世代。這些女性帶著異形，低眉垂眼，景象相當奇妙。

美晴不知道在這裡的人為什麼知道這家醫院，但又不敢出聲攀談。如果這裡是單純的動物醫院，人們帶來的不是異形，而是寵物的話，或許還能更輕鬆地開口交談。

但正因為與在場的人擁有一小部分共同的祕密與問題，她覺得更難以輕易涉足別人的隱私。因為美晴也不想要不認識的人深入打探自己的家事。

忽然間，一個看不出是鳥還是獸類的異形開始尖聲怪叫。那聲音就像人語混合了鳥叫和野獸的吼叫，無法聽出意義，完全是刺耳的噪音。

膝上抱著異形的頭髮半白老婦人急忙安撫道：

「美依，不可以，安靜。」

然而異形依舊轉動著瞪大的眼珠子，不停地叫喚著。就彷彿壞掉的玩具——發出喀啦喀啦吵鬧機械聲、瘋狂活動的可悲玩具。

「美依！」

對於遲遲不肯安靜的異形，老婦人狼狽地出聲制止。

周圍惡狠狠地扎刺上去的責備眼神、白眼、「快點讓他安靜下來」的沉默壓力，有如排山倒海。然而老婦人無能為力，只是驚慌失措。美晴眼中看著這一幕，感到窒息與難堪。

面對孩子吵鬧，卻只能不知所措的父母並不罕見。所以才令人看了胃痛。

沒有人出聲，然而空氣中顯然瀰漫著嫌吵的氣氛。老婦人也很清楚，卻不知道該如何讓孩子安靜下來。只有打擾到別人的罪惡感，以及必須快點讓孩子安靜下來的焦急強烈地在內心翻騰。

終於，現場傳出咂舌頭的聲音。這種時候，是誰發出的並不重要。老婦人臉色蒼白地抱著異形站起來，摀住異形的臉，幾乎要把它壓扁在胸口似地離開了候診室。

悶住的叫喚聲遠離，現場的氣氛總算稍微輕鬆了一些。

「田無女士。」

彷彿看準了時機似地被叫到名字，美晴忍不住全身微微一震。她抬起頭來，匆匆起身。她只想盡快離開這個令人尷尬的場所。

美晴被帶去的候診室裡，坐著一個年約三十五的男醫師。他瞥了美晴一眼，冷冷地問：

「怎麼了？」胸袋上的名牌印著「櫻井」。那麼這個醫生就是院長囉？美晴想。

「那個，我兒子被噴到殺蟲劑……皮膚變紅了，想請醫生看看……」

美晴怯怯地回答，打開袋子拉鍊。看到縮在袋底像要躲起來的優一，櫻井嘆了一口氣。

「『蟲』啊。原來如此。」

他自言自語地喃喃道，有些吃不消地微微蹙眉，雙手伸進袋子裡，把優一拖出診察台。

「背部確實變紅了呢。」

「是的……」

美晴微低著頭，抬眼偷看板著臉的櫻井。

「殺蟲劑的種類和成分呢？」

聽到這個問題，美晴驚覺自己的疏忽。那個可怕的凶器還丟在家裡。她完全沒想到要撿起來查看成分。

「說是殺蟲劑，也有許多種。是噴射式的氣溶膠劑、液體劑，還是煙燻劑？」

「呃，是噴的。氣溶膠劑。」

「那一種？蟑螂用、果蠅用、跳蚤用……」

「……不知道，我沒有仔細看。」

美晴回答，櫻井又嘆氣：

「不知道詳情要怎麼處理？太太，異形本身就已經夠神祕難解了。」

「抱歉。」

美晴說，終於整個垂下頭去。櫻井說的完全沒錯，美晴不得不反省自己太不機靈、不夠小心。

「……像是家庭殺蟲劑，一般使用的是除蟲菊精類殺蟲劑，這對昆蟲來說是強烈的神經毒。雖說對人體影響比較小，但大量誤食的情況，當然還是會出現嘔吐、眩暈、腹瀉、噁心、昏睡等副作用。如果接觸到皮膚，會因為石油系溶劑而導致皮膚炎。」

櫻井暫時打住，彎下身體，將視線放低到與優一同高，仔細地察看他的臉。優一的複眼倒映出櫻井，微弱地搖晃觸角。美晴完全看不出這是在表達什麼樣的感情，只覺得焦急。

「看上去明顯的症狀就只有發炎，無法確定有沒有受到神經毒的影響。」

「不能請醫生檢查嗎？」

美晴問，櫻井坐直了身體，重新轉向她。

「很遺憾，設備還無法趕上現況的需求。這家醫院原本是動物醫院，所以相當於貓狗和小動物的生物，某程度可以直接利用原本的驗檢器材，但昆蟲的話，身體構造實在相差太多。」

「說的……也是呢。」

美晴明白自己是在強人所難。異形性突變症候群這種疾病本身，本來就是找不到治療方法的超級難治之症。在這種情況下，光是有這種提供對症療法的醫療機關，就該謝天謝地了。期望有配合每一個個體的症狀的醫療設備，實在還太早吧。

但是對美晴來說，優一是她的唯一，她無法坐等幾年或幾十年，直到環境變得完善。畢竟每一個個體的時間是有限的，也太短暫了。這令人焦急。

「如果身體構造與人類相近，治療皮膚炎，就是清洗患處，塗抹藥膏。如果沒有呼吸異常和痙攣等症狀，應該不用擔心對神經的影響。我先開個藥膏吧。」

「……謝謝醫生。」

美晴愁眉苦臉地向櫻井行禮。

更進一步打擊她沉重心情的，是看診費用。

聽到櫃台人員說出的金額，她懷疑自己聽錯了，看到明細單上的金額，她懷疑自己是不是眼花了。

——比預期的多了一位數。

「請問……可以刷卡嗎？」

「可以。」櫃台人員淡淡地說，美晴有些吃不消地翻找錢包。

就算是動物醫院，收費會這麼誇張嗎？事到如今，美晴才深切理解到沒有保險、沒有人權，是怎麼一回事。

5

美晴帶著在櫻井醫院遭受到的震驚，幾乎是魂不守舍地搭了十幾分鐘的電車。回到家後，她重新振作起來，立刻著手收拾行李。她從壁櫃裡挖出波士頓包，俐落地將換洗衣物等塞進去。

——這裡已經不能待了。

敏江不知道何時又會找上門來，最重要的是，她已經沒辦法和不肯接受優一的動夫一起生活下去了。

不管要做出什麼樣的結論，都需要緩充時間。美晴認為分開生活，或許可以冷靜地面對問題。

但也不能漫無目的地離開這個家。美晴聯絡了娘家的母親清美，問能不能暫時投靠娘家，清美一口答應了。

「好啊，妳回來吧。妳一個人也太辛苦了，暫時就住在家裡吧。」

「……謝謝媽。要暫時麻煩媽了。」

母親那語帶慰勞的聲音讓美晴幾乎要落下淚來。母親接納了她，這讓她感到無比地安心。

「妳好一陣子都沒消沒息的，我正在擔心妳呢。」

清美歡迎美晴和優一後，邊泡茶邊說。

「我也想過要聯絡，但又怕打擾到妳們。」

「是啊……如果說忙，或許也是很忙。」

水珠會的事、津森的事，美晴先前為許多事分神，一直沒有聯絡娘家。

「等一下，我先給爸上個香。」

美晴放下行李，匆匆前往和室。把伴手禮供在佛壇上，點燃蠟燭，插上一炷香。然後注視著父親定史的遺照，敲了一下鈴，雙手合掌。

——爸，我回來了。好久不見了。

她在心中默念，抬起頭來。

定史五年前因癌症過世，美晴自從三週年忌以後，就再也沒有見到他了。故人早已不在世上，然而像這樣看著佛壇上遺照的行為，卻會讓人覺得是「見面」。美晴想起津森的話，深覺她說喪禮和佛壇都是為了家屬，真是一點都不錯。

結婚生子後，要保護的家人從父母變成了孩子。但父母對自己仍然是特別的。

美晴的哥哥在兒時便死於意外事故，弟弟住在遠方，見面機會不多。對美晴來說，唯一可以依靠的親人就是清美。看來即使到了這把年紀，母親依舊是特別的，只是陪在身邊，就覺得可靠、安心。

美晴回到客廳，忽然環顧周圍。溫暖的陽光灑入的窗邊、戶外隨風搖擺的少量晾曬衣物。整理得有條不紊的住處感覺相當寬廣，讓美晴再次體認到清美只有一個人住在這個家。

「東西變少了呢。」

美晴說，清美也四下張望：

「我一點一點地在整理。這叫『終活』嗎？我覺得慢慢做準備比較好。」

「終活？」

美晴不禁蹙眉。終活……臨終活動，也就是在為自己的死亡做準備，但聽到這個詞從母親口中說出來，實在不是很舒服。

「總比什麼都不做要來得好吧。我不想給妳們添麻煩。這個家要怎麼處理，也得先安排好才行。」

「嗯……是啊。」

關於繼承，有許多事情要考慮。擔心的問題愈早安排妥當愈好，但要去想母親的身後事，感受還是相當複雜。

「我希望媽長命百歲。」

美晴低聲說，清美爽朗地笑：

「是啊，我也還沒打算要翹辮子。」

「……嗯。」

美晴也跟著輕笑。清美見狀點點頭，移動視線說：

「不過這種異形什麼的病，真的好奇怪。沒想到優一居然會變成這種樣子。」

清美注視的沙發上，優一正縮成一團。看他大搖大擺毫不猶豫地爬上沙發的樣子，看得出對清美毫無戒心。

「媽一定嚇到了吧？」

「雖然是聽說過，但實際看到還是會嚇一跳呢。不過……嗯……不是也挺可愛的嗎？」

「會嗎？」

母親意外的話讓美晴吃了一驚，清美對她笑道：

「這個家裡只有我，你們就不用客氣，待下來吧。反正我也正覺得寂寞。和勳夫的事，妳就慢慢考慮吧，完全不用急。」

「媽……」

聽到母親溫柔的話，美晴感到心頭輕鬆許多。

也許她是想要像這樣撒嬌、受到肯定。妳沒有錯、沒事的、不用擔心——即使只是這麼簡單的話，也能撫平內心。

自己聽到這些話，竟能如此安心，那優一是不是也是如此？

他是不是想要母親給他積極的肯定、想要向母親撒嬌、想要母親接納他？美晴確實很少稱讚優一，總是只看到他的缺點，為此嘆息。

「我……覺得我對優一的教養方式錯了。」

清美沒有說話，只是抬眼看美晴。

「我總是很懊惱，為什麼優一不肯聽我的話、為什麼他會變成繭居族？可是我始終不太接受原因出在我身上。因為我自認為我很普通地、像其他人那樣教養孩子。不過，其實不是呢。」

美晴讀了育兒書籍，也聽過別人的經驗。她自認為對於應該如何教養孩子，心中自有一套標準。然而卻不斷受挫，令她厭倦。她的心早已挫折疲憊，接下來只能慣性行動。

「我一直以為做為父母、身為母親，該做的事我都做了。」

聽到美晴的話，清美點點頭，略為柔聲地說：

「光是可以注意到這件事，不就是個收穫了嗎？既然知道哪裡做錯了，以後不要再犯一樣的錯就好了。不用想得太困難。」

「是嗎……？」

「是啊。不用那樣鑽牛角尖，孩子也會自己長大的。父母只要幫他們一把就行了。只要觀察孩子，在他們需要的時候，拉他們一把，接下來他們就會自己長大了。」

「在他們需要的時候，拉他們一把……」

美晴總是覺得必須無時無刻牽著孩子的手引導才行。必須管理好孩子，免得他們走偏了路。她也責備過自己，就是因為沒有做好這些，優一才會變成這樣。但清美卻說不是。

「不知道要怎麼樣站起來的孩子，就抓住他們的手拉起來。想要用自己雙腳站立的孩子，就伸出手讓他們抓住。想要往前走的孩子，幫他們挪開周圍的危險，確保路上安全。要觀察孩子想要做什麼，而不是盲目地去幫他們做什麼。也有些時候，只是在一旁看著更好。」

清美說到這裡，咬了一口煎餅。

「養小孩沒有正確答案，就跟人際關係一樣。不過重要的是，必須把對方當成一個人，相信他、尊重他。如果以為父母可以為孩子安排好一切，那就大錯特錯了。畢竟父母並不是萬能的神。比方說，我能夠為妳做的，就只有打開這個家的門，隨時歡迎妳回來啊。」

清美說完，有些俏皮地笑了。

「實在幫不上什麼忙，對吧？」

美晴搖頭說：

「很足夠了。」

當天晚上勳夫打了美晴的手機。八成是回家一看，發現家裡人去樓空，打電話來興師問罪的。勳夫劈頭就吼：「妳跑去哪裡了！」美晴連苦笑都笑不出來了。

「我回娘家了。」

「娘家？怎麼突然回什麼娘家？」

「你媽突然闖進家裡，弄傷了優一。是你跑去跟她告狀的，對吧？」

「少說得那麼難聽，我只是把狀況告訴她而已。」

美晴講著電話，不由得不耐煩起來。視野一隅，清美正在替優一抹藥膏。

「為什麼把我們的事跟你媽講？懦夫！都幾歲的人了，還要靠媽媽，你丟不丟臉？」

「什麼？那投奔娘家的妳自己又怎麼說？」

被指出雙重標準，美晴退縮了一下，說：

「總之，如果你不願意接受優一，我也會考慮離婚。」

「喂——妳是說認真的嗎？」

「我一直都是認真的！」

「妳冷靜點，這種話可不能隨便亂講。」

「咦，一點都不隨便，我是很鄭重地在告訴你。……所以我才會暫時離家，想要好好想一想。你不懂嗎？」

電話另一頭傳來假惺惺的嘆氣聲。美晴更加煩躁，揚起眉毛繼續說：

「除非你反省，否則我和優一都不會回去。」

美晴不等對方回話就掛了電話。她厭倦地嘆氣，結果清美低聲說道：

「親家母的心情我也不是不懂。自己的小孩不管多大，永遠都是小孩，如果是兒子，更是如此了。」

「等一下，媽要替他們說話嗎？妳到底是哪一邊的？」

「我是說我懂那種心情啦。雖然親家母的行為真的很糟糕。」

美晴忽然發現優一在看她。她想起優一也聽得懂人話，懷著複雜心情回望他說：

「……如果要叫媽選擇小優還是你爸，媽一定會選擇小優的。」

兒子沒有回應。這樣也沒關係。

不用回話也無所謂。她只要像至今為止那樣，甚至是加倍地，繼續向兒子說話就是了。

6

日子比美晴想像中的更平靜。

她與清美分攤家事，照顧優一。和清美一起去採買、一起煮飯。過去都只有一個人做的事，和清美邊聊天邊做，便奇妙地樂趣無窮。

過了五天左右，優一的皮膚紅腫也完全痊癒了。因為似乎也沒有後遺症，美晴放下了心中一塊大石。優一還是一樣，都窩在沙發上的固定位置，沒怎麼活動，但美晴和清美看電視時，他會一起看，或是一回神就發覺他就在附近，感覺比起以前，更常與家人共享時間與空間了。

即使沒有對話，只是陪在附近，感受就不太一樣。美晴注意到這件事，盡可能讓優一參與家中的生活起居。

吃飯的時候，她也把優一帶過來，一起坐在餐桌旁。她認為即使不能吃一樣的飯菜，同桌進餐也是很重要的。

「好吃嗎？優一。那萵苣是美津代太太送的喔。」

「美津代太太是老人會的那位嗎？」

「對，她們家務農，有時候會送一些自己種的菜給我。」

桌旁響起咀嚼新鮮菜葉的清脆聲響。美晴看著將葉子咬出半圓狀進食的優一，動著筷子。

「美津代太太家還有蜜柑樹，之前好像出了一些事。她說附近的壞小孩會來偷採蜜柑。」

「現在還有這種事啊？」

「有啊。美津代太太說有些小學生把她家附近當成遊樂場，會隨便亂採蜜柑。所以她去對方家裡抗議，結果被對方母親反過來罵『我家小孩才不會做那種事』，教人啞口無言。」

「真討厭。那種父母……叫什麼去了？怪獸家長嗎？」

「真的只會製造麻煩呢。美津代太太個性也很懦弱，不敢多說什麼，最後只好說『好啦好啦，算了』，灰溜溜地回家了。」

「可是這樣的話，以後不是還會繼續被偷採嗎？」

「我也這樣跟她說。我說美津代太太，這樣不行，要讓小孩子知道壞事就是壞事啊。然後……」

就在清美說這件事的時候，優一似乎吃飽了，慢慢地挪動身體，但沒有離開去沙發，而是就這樣在餐椅蜷成一團。美晴有些莞爾地看著他。

常說母親對孩子的愛是無條件的愛，但並不是只要成為人母，每個人都能對孩子付出無條件的愛，也不是就能變得如此崇高，完全不求回報。

做了好事就稱讚，付出感情。做壞事就責罵，收回感情。美晴一直是這樣養育優一的。因為她相信這才是正確的教養。

但相反地也有矛盾，她有時會忍不住寵溺地買東西給他，或過度干涉、代勞。雖然她不知道什麼才是對的，但她做的都是覺得對優一好的行為。然而以結果來說，她的行動毫無連貫性，讓優一感到無所適從了也說不定。

美晴這個世代，主流是小孩子要嚴格管教才好，但最近的教養常識似乎不是如此。現在的觀念認為，對小孩的愛不該設限，愈多親密接觸愈好，孩子想要多少，就應該盡量滿足。據說從幼兒時期就給予孩子充足的關愛，可以培養孩子的自立心。

——對於社會上普及的知識和常識，美晴有時會存疑。電視資訊尤其如此。像是健康食品，不久前說是有益健康的食品，過一陣子又被說對身體不好，相反的例子也比比皆是。資訊很快就會更新，徹底被顛覆，讓人搞不懂什麼才是對的。美晴被資訊牽著鼻子走，混亂不已，但也發現事物的「正確」與否並非絕對。

既然如此，她有時甚至會想，也許正不正確並不怎麼重要。畢竟即使不正確，人不也活得好好的？

總之，如果懷疑一切、抵抗一切，實在活得太辛苦了。只能挑選資訊，相信認為可信的內容，最終，只能靠自己取捨。對於現代的教養觀念，美晴也是半信半疑，但她從中挑出感覺可以相信、可以應用在優一身上的部分，摸索嘗試。

優一自信不足。要讓他建立起自信心，需要自我肯定。需要不管發生任何事都可以放心依靠的心靈支柱或避風港。美晴想，也許為時未晚，現在再來培養也不遲。

不應該因為優一已經不具人形、不會說話，就加以隨便對待。如果外形改變了，只有思考如同往昔，那當事人不是難受至極嗎？美晴總算能想到這一層了。

因此她想要盡量把優一當成家中的一份子對待，盡可能表達自己對他的愛，讓他放心。盡量不做優一討厭的事，而是做他想要的事。不是寵溺他，而是讓他能安心撒嬌。不要過度保護、過度干涉。不要搶先替他做什麼，等他做不到的時候再協助。

優一好歹也已經成年了，實在不可能再從頭把他養大。美晴也很清楚這一點。

雖然不知道遲至今日才改變方式，能有什麼助益，但不用焦急，只要耐性十足地去面對就行了。這是美晴找到的、目前暫時的答案。

美晴和優一離家後過了兩星期，勳夫完全沒有聯絡。

是工作忙嗎？還是覺得聯絡也沒用？美晴不清楚。對於不親自來接也毫不聯絡，沒有半點反省的勳夫，美晴感覺到夫妻情分日漸冰冷。

——對他來說，或許家人就只是這樣而已。

累贅的兒子、有如方便女傭的妻子。如果不在了很麻煩，但也沒重要到必須低頭拚命求她回來。是不是就是這樣？

那麼，美晴也必須鄭重考慮往後的生活。即使要和清美住在一起，也必須找份工作吧。總不能靠清美的年金過日子。

一旦做出決定，美晴動作很快，她立刻蒐集徵才雜誌。美晴不諳機械，因此無法選擇必須使用電腦的工作。加上年齡限制，她主要都是看清潔人員的徵才訊息。

直到不久前，美晴都對體力沒有自信，認為自己絕對無法勝任勞力活，但是在娘家悠閒地過日子，她感覺不可思議地活力泉湧。而且家事可以和清美分工，即使下班回家很累，也不用一個人包辦一切，因此她覺得選項增加了。

有沒有交通補助？有沒有制服？班表時段？時薪多少？美晴仔細比較，找到中意的職缺，立刻打電話過去，順利約到面試，美晴準備好等待那天來臨。

面試當天，美晴搭了二十分鐘的電車抵達事務所，看來好相處的面試官立刻出來迎接。與其說是面試，更像是面談，兩人聊了約三十分鐘。美晴覺得似乎很有希望，但仍然沒有當場獲得錄取，只說會再通知結果。

想想通勤距離和能上班的時段，應該都沒有扣分的地方，但美晴離開職場的時間實在太久，只有這一點令人擔心。……清潔人員大多都不拘有無經驗，因此美晴原本以為不會有問題，但還是有可能被刷掉。

胡思亂想也沒用。沒被錄取的話，再找其他工作就行了。

美晴努力要自己樂觀，經過車站時，忽然有人從背後拍她的肩膀：

「田無太太嗎？」

美晴回頭一看，站在那裡的是春町。

「咦，春町太太！」

「好久不見。妳好嗎？」

「嗯。——春町太太呢？」

美晴反問，春町露出有些陰沉的笑容答道：

「我……嗯，還不錯。不過出了很多事。」

「出了很多事？」

美晴疑惑地反問，春町露出尋思的樣子。

「欸，田無太太，如果妳有空，要不要去喝杯茶坐一下？……如果不願意，我也不勉強，不過我想跟妳說一下水珠會的事。」

「好啊。會在這裡遇到，也算是某種緣分吧。」

津森莫名地討厭春町，但美晴對春町並不覺得反感。她覺得偶然在車站遇到，一起喝杯茶也無所謂，於是答應了邀約。

「……完全入秋了呢。」

春町看著咖啡廳外的景色，低聲說道。「是啊。」美晴附和著，有些懷念地回想起波瀾萬丈的夏季。

「水珠會那裡……沒說一聲就沒去了，真抱歉。」

美晴說，春町眨了眨眼，微微露出苦笑：

「啊，沒關係啦。水珠會沒有嚴格的退會制度，要離開很自由。不來的人多半都是口頭說一聲，不過更多的是自然而然就沒出現了。」

春町的說法讓美晴覺得似乎有些不對勁。但她還沒有提問，春町自己就說了。

「其實呢，田無太太沒來的那段期間——水珠會解散了。」

「咦？」美晴瞪大眼睛，春町輕嘆一口氣，手指撫摸著手邊的咖啡杯側面。

「該從哪裡說起才好……？田無太太應該也發現了，水珠會有幾個小團體對吧？」

「嗯……我是感覺好像有幾個小圈圈。」

「對，沒錯。……小圈圈啊，人一多，自然就會拉幫結派嗎？我那裡、石井太太那裡，還有橋本太太那裡，其他還有幾個小團體，不過為了捐款的事，我跟橋本太太起了糾紛。」

「跟橋本太太……」

美晴內心第一個想法是：果然。橋本赤裸裸地仇視春町，因此美晴並不覺得意外，認為兩邊何時會起衝突都不奇怪。

「我自認為並沒有強迫大家捐錢，是基於想要支持伊都子的心情，向有意願的人募款，這是真的。可是橋本太太似乎不這麼想。她說事實上就有人說被我施壓捐錢。我還奇怪她在說誰，居然是米村太太呢。」

「怎麼會……？」

美晴說，但回想起米村短時間內從笹山改為投靠春町，以及津森對米村這個人的分析，或許也是有可能的。但對春町來說，似乎難以置信。

「對，怎麼會？我也嚇了一大跳。」

春町蹙起眉頭，面露困惑的表情，繼續說道。

「米村太太好像認為，要參加我辦的活動，就非捐錢不可，這筆錢就像是參加費，如果不捐，就會遭到排擠。喏，上次我收錢的時候，田無太太跟津森太太都沒有捐不是嗎？後來妳們兩位就沒有來了，所以米村太太好像以為妳們是被我趕走了。」

「真是太不巧了……」

「對啊，真的很不巧。」春町用力揮揮手，喝了一口咖啡。「不過，讓人誤會的我或許也有錯啦，只是被這樣指控，還是很不舒服，結果就吵起來了。」

「怎麼這樣……」

美晴光是想像就覺得難受極了，半帶嘆息地說。她覺得幸好自己不在場、幸好沒有扯上這些麻煩事，但也覺得自己好像有部分責任，心情很微妙。

「因為橋本太太居然在例會的時候這樣說呢。在大家面前宣布『我要告發春町太太』。很氣人對吧？這是叫公開處刑嗎？米村太太也是，說什麼『我被春町太太威脅』。真是的，我完全沒想到她是那種人。」

見春町不悅地牢騷說，美晴忽然想起了津森。雖然說不出是哪裡怎麼個像法，但總覺得兩人很像。她猜想津森會討厭春町，或許是一種同類相斥，便應道：「真是無妄之災呢。」

「而且如果只針對我也就罷了，還波及到伊都子……橋本太太她們說，參加家屬互助會的都是家裡有變異者的窮人，收錢太說不過去了，應該制止這種行為，還開始指責伊都子是守財奴。怎麼說呢？過去受人家那麼多照顧，卻講出這種話來，我現在想起來還是氣得不得了。」

春町憤憤不平地說，深深嘆了一口氣，表情忽然轉為陰沉。

「……妳記得新田太太嗎？常跟橋本太太在一起、戴眼鏡、燙頭髮的那個。她啊，居然私下調查伊都子的事呢。然後在眾人面前揭發，說伊都子說兒子失蹤是騙人的。」

「咦……？」

美晴瞪圓了眼睛，春町垂下目光，點了一下頭：

「對，其實伊都子的孩子不是兒子，是女兒。我是聽伊都子親口告訴我的，所以知道，可是伊都子瞞著我以外的會員。雖然我也不知道為什麼她要說是兒子，但我明白對外宣稱是失蹤比較好。因為如果說出真相，實在是太駭人聽聞了。」

「駭人聽聞？怎麼說？」

春町有些猶豫地停頓了一下，然後說：

「伊都子的女兒變異，是早期這種病的資訊還不普遍的時候。所以伊都子整個人嚇壞了——應該也是因為她當時的生活讓她在精神上也瀕臨了極限——她說，她失手殺了自己的女兒。」

這令人震驚的告白，讓美晴全身僵硬，瞬間忘了呼吸。

那個看起來溫柔高雅的山崎，居然殺死了變異的自己的孩子。即使是過去的事、是法律上沒有罪責的行為，也不是那麼容易讓人接受的事，美晴說不出話來，她不知道該說什麼好。

「妳嚇到了吧？任誰都會嚇到呢。我也是，剛聽到的時候嚇了一大跳。可是伊都子真的非常後悔，她為了希望不會再有人步上自己的後塵，才成立了家屬互助會。我很尊敬伊都子。現在當然也很尊敬她。可是這件事的內容還是太……在會上聽到這件事，每個人都……」

春町說，山崎在例會的會員面前被揭發過去的罪行，頓時面無血色，失聲無語，只是嘴唇不住地發抖，她看了實在太不忍心。

「很多會員都退出了。……鈴原太太也退出了。剩下的只有我、寺田先生，還有幾個人。但也有人一聲不吭，就這樣離開了，所以，最後真的沒什麼人留下來。伊都子似乎也受到很大的打擊。」

「所以水珠會解散了嗎？」

「……伊都子把事務所的錢全部拿走，不知去向。我完全聯絡不上她。」

「原來……發生了這種事……」

美晴震驚不已，只能這樣應聲。她想不到什麼合適的回應，也不知道能說什麼。

美晴不知道的期間出了大事——她體認到這個事實，感到虛無。在她不知情的情況下出了事，並以最糟糕的形式落幕了。雖然與自己也不無關係，卻只能在事後聽說，就好像被隔絕在外。實際上這是無可奈何的事，即使美晴在場，應該也無法改變什麼，卻讓她有種沉重的無力感。

「還是妳不想知道這些？」

「不會——我也不想毫不知情地過了幾個月，才發現水珠會不知道什麼時候消失了。」

「那就好。」

春町的聲音滲透出安心。她再次垂下目光，湯匙伸進杯子裡攪拌著。用不著說，這動作顯然沒什麼特別的意義。

「……那個……」

「什麼？」

「春町太太聽到山崎太太的過去……也可以接受呢。」

聽到美晴的話，春町抬起頭來，嘴唇嘲諷地扭曲了。

「因為我也是一樣的，怎麼可能指責伊都子什麼？」

怎麼會——看到美晴這樣的視線，春町點點頭：

「我也殺了自己變異的兒子。伊都子根本沒得比，因為我不但殺了自己的孩子，還把他給吃了。」

美晴完全說不出話來，春町露出不像自嘲的笑。

「我兒子變成魚類的異形，我暫時把他放在水槽裡養著，可是不知道往後該怎麼辦，又沒有丈夫，其他兒子也不肯回家了。也許是跟異形的兒子兩個人關在家裡，精神失常了吧，某一天我回過神時，居然在用平底鍋煎他。」

——春町說，當時的事她已記憶模糊。

片斷的記憶中，她目不轉睛地盯著水槽裡無力地飄浮的兒子，然後下一瞬間，她已經在煎魚了。

放油、灑胡椒鹽，兩面煎成漂亮的金黃色，放在盤子上。

春町看著煎好的魚，感覺很奇妙。

即使回想，是為了吃才煎、還是死了才煎，記憶也曖昧不清。

總之，春町想要吃它。她覺得自己有義務把煎得色香味俱全的兒子吃掉。

然後她用筷子連同煎得香脆的皮夾起，放入口中——

不是魚肉的味道。但沒有腥臭味，滋味圓潤，老實說，滿好吃的。

春町毫無抵抗地一口一口吃下去，吃到一半還開了瓶紅酒。就這樣幾乎吃完整條魚時，她忽然看見盤子上剩下的眼珠。

那是人的眼珠——是兒子的眼珠。

意識到的瞬間，嘔吐感衝上胸口。她終於察覺那實在不是可以吃進胃裡的東西。

完全沒想到那是兒子的肉，津津有味地幾乎吃完整條的事實，以及毫不覺得異常，做出這種驚世駭俗之舉的自己。與死去的兒子的眼珠對望的瞬間，五臟六腑一陣翻攪的感覺——這一切都可怕極了。

自己做了不可挽回的事。春町抱頭痛哭，把手指插進喉嚨裡不斷地催吐，直到整個胃全部空掉。

「所以……水珠會沒了，家裡也只剩下不好的回憶，我決定搬家。我想搬得遠遠的。」

春町以她一貫的爽朗聲音說，美晴回過神似地眨了眨眼。

「所以往後應該再也沒有機會見到田無太太了。……因為是最後一次碰面，連不該說的話都跟妳說了，真抱歉啊。妳聽聽就忘了吧。」

那不是叫人忘記就能輕易忘掉的內容，但美晴點了點頭。春町有些寂寞地笑道：
「妳們家的優一好嗎？」
「嗯……還是老樣子，但過得不錯。」
「這樣啊。那就好。」
春町抱起脫下的外套和皮包，站了起來。
「就算什麼事都沒有，人活著還是最好的。我說這種話也很怪，不過好好珍惜優一吧。要好好相處喔。」
我請客──春町拿起帳單說。

7

「我回來了。」
看到有氣無力的美晴，清美表情有些驚訝。她停住摺衣服的手，望向女兒。
美晴沒注意到清美的反應，就像失了魂的活屍一樣，放下肩上的皮包，整個人坐倒在沙發上。
──總覺得一下子累極了。
思考停滯，只有疲勞沉重地覆蓋上來。美晴就這樣閉上眼睛，從肺部深處深深地吐氣。
春町的話太震撼了。水珠會的事、山崎的事，還有春町自己的事。美晴還不知道該如何去接受這些事實。

雖說只是暫時的，但曾經視為心靈寄託的地方居然如此輕易就瓦解了。在自己無關之處，毫無真實感地，就像一陣煙霧般消失了。演變成這樣，「水珠會」到底是什麼？總覺得好像看到了一場幻影。

家屬互助會對於美晴等擁有變異者子女的人來說，應該是一個希望、休息的場所。為了避免一個人痛苦煩惱，擁有相同傷痛的人聚在一起，分擔痛苦，應該是這樣的園地才對。

或者她們只是在相濡以沫、同病相憐罷了？理想中的道路應該是正確的，卻怎麼會落得這樣荒蕪的下場？美晴覺得遺憾極了。

……但是，只是分享傷痛是不行的。對於已經發生的事和問題，最重要的是不要悲觀，但只是學會忍受和習慣，也無法獲得根本的解決。

更需要的，應該是正視眼前的問題，理解並面對。但「水珠會」把重點全放在家屬的散心和逃避上了。然後忽略、擱置了最應該解決的問題。

美晴也知道，有許多變異者是被自己的家人殺死的。發生這種悲劇的過程人各不同，也有種種理由吧。有些是對變異者個人的憎恨，有些是意外或過失。

沒錯，儘管每個家庭的狀況都不同，大多卻都會迎向最糟糕的結局，這是為什麼？不是被別人，而是被自己的家人、應該比任何人都要親近的親人殺害，這是為什麼？

也許家屬對變異者的情感，早已變異。他們有的只是想要甩開問題的厭倦、想要處理掉人生絆腳石的念頭。

對於人權被剝奪、社會上也已經死亡的人類「殘渣」，有什麼義務必須去呵護照顧？

勳夫也說過好幾次，那不是兒子。

變異者是異形，不是人。

如果連自己的孩子都不是了，到底為什麼必須一天二十四小時看著那東西，痛苦煩惱地過日子？

所以——要丟掉。像斷捨離，像丟掉舊布偶那樣。

或許家屬是想要一個理由。將無力處理的重擔，用合理的、同時道德和社會也容許的形式將之拋棄的理由。

孩子都已經生下來了，不能說不要，不能丟掉，也不能殺掉。即使靠理性如此克制，不想要的東西，心裡頭還是不想要。

是不是已經受夠了？是不是已經厭惡到不行了？是不是希望如果能夠，孩子是與自己無關的存在，可以放下這個包袱，得到自由？

美晴想著，感到鼻子深處一陣痠痛，眼頭一熱。

她看著優一，無數次心想：不應該是這樣的。他怎麼會變成這種樣子？怎麼會跟別人家的優秀孩子不一樣？她一次又一次地想。

她也想過，如果生的是女兒，或許會不一樣。若是女兒，或許會更體貼美晴，她們會是一對和睦的母女。

這一切，都是徹底否定優一的想法。

是不是因為這樣，才會有今天？

美晴是不是其實在心中某處也這麼感覺？如果優一不是優一，是更不一樣的孩子的話——也就是說，她是不是在內心深處覺得她並不想要不符合理想的優一？所以才會夢到優一其實早在年幼就過世。如果是這樣的話——

把優一變成異形的，是不是美晴自己？

「嗚——」

想到這裡，嗚咽從喉嚨間湧上。淚水不住地滑下雙頰，幾乎來不及擦拭。

如果孩子被如同唯一支柱的父母、應該要比任何人都支持他們的父母不斷否定，會扭曲變形也是理所當然的事。在外貌變成異形以前，他們的心早已成了異形了吧。因為他們不被允許做自己。

美晴把手伸向桌上的面紙，擦拭眼睛，但淚水仍不停滴落。

美晴自己也不知道為何而哭。是悲傷嗎？是痛苦嗎？是懊悔嗎？是自責嗎？止不住的淚水令美晴困惑，結果清美端了茶在旁邊坐了下來。

「——喏。」

杯子遞到前面，美晴忍不住吃驚地看清美。

「妳一定渴了。」

清美只說了這話，便自然地轉開視線。美晴吸著鼻子，注視著杯中的麥茶。她拿起杯子，放到口邊啜了一口，冰涼的感覺從食道一路滲透到胃底。

「面試發生了什麼事嗎？」
清美靜靜地問。即使美晴不回答，清美也不催促。
「不是……」
美晴好不容易擠出這兩個字，清美抬起頭來，默默地等待下文。美晴抽泣著，回視刻著深紋的那張臉。
「如果不想說，我不勉強問。」
清美不是責備，而是關懷地說，美晴聽了又溼了眼眶。
「不是的。」
美晴想要清美聽她說。
聽她說、肯定她。——安慰她。讓她撒嬌。
湧上心頭的渴望令美晴不知所措，但她還是張開顫抖的嘴唇。
「媽，我——」
話無法順利說出口。她千頭萬緒，卻無法順利轉化為言語，說不出想要傳達的話，焦急不已。但清美依然默默地等待美晴開口。
「我……」
美晴說不出下文，喉嚨和胸口卡住，清美輕輕地撫摸她的背。結果美晴情不自禁地抱住了母親。
年邁的母親身體嬌小瘦弱，卻讓現在的美晴感到既龐大又溫暖。她覺得就像變回了小孩，窩在母親的懷裡哭泣，清美回應似地伸手抱住她，溫柔地拍她的背，就像在鼓勵她。

小時候，美晴曾經像這樣對清美哭泣撒嬌過嗎？她回溯記憶，感到自己深層的內在渴求著愛情，同時也感覺受到了撫慰。

毫無自覺地，美晴年幼時期的孤獨一直橫亙在心底。而它現在終於得到照耀、淨化，是這樣的感覺。

「我對優一做了過分的事……」

「怎麼說？」

「我應該要像媽這樣溫柔對待優一的。」

美晴語帶嗚咽地說，清美想了一下，納悶地說：

「老實說，我覺得我一直沒什麼空陪妳們。這點妳也知道吧？」

美晴放開清美望向她。清美面露微笑，點了一下頭。

「也是有些事情是現在才能做的。妳也是，如果覺得對不起優一，往後就為他做妳能做的事吧。妳不是說妳已經這樣決定了嗎？」

「嗯……」

美晴已經決定要好好花時間去面對。如果美晴能夠向優一贖罪，這應該是她唯一能做的事。

美晴環顧四周，注視僵在椅子上的優一。從美晴回來的時候，他就一直在那裡吧。優一一動不動，像在觀察美晴，美晴對他說：

「優一，媽媽一直很對不起你。」

她擦拭眼淚，聲音顫抖地接著說：

「媽媽一直在逼你對吧？」

把理想的樣貌強壓在他身上，當成自己的所有物對待，不斷地否定他，然後從來沒有察覺這是不對的。甚至沒有想過如果自己被這樣對待，一定會覺得很痛苦。

自己是母親，優一是孩子，所以她認為這些對待都是理所當然。錯覺這才是普通。

為什麼呢？自己還是孩子的時候，對父母應該也有不滿，然而一旦成了父母，就完全忘了那些感受。明明觀點完全不同了，卻自以為理解孩子的心情。負面連鎖就像這樣，不斷地持續下去。

但還是必須切斷它才行。如果發現了自己的過錯，至少可以在現在煞住，去實現不同的結果。

「也許我對你來說不是個好媽媽，但往後不管發生任何事，媽都會站在你這邊。」

現在再來說這種話，也太膚淺了嗎？即使如此，她還是要說。

「因為不管是過去還是將來，你都是媽最重要的人。」

也許這是一種獨善其身的、自我滿足的道歉。也許她的意思無法正確地傳達給優一。

但美晴還是只能這樣傳達。她只能用話語、態度和行動不斷地傳達，直到優一能夠理解的那天。從今而後——直到永遠。

幾天後，就在面試的公司通知錄取的那天晚上。

「美晴——美晴！」

聽到迫切的叫聲，美晴停下洗碗的手。

她草草用毛巾抹乾溼手，走向客廳，只見清美一臉困惑地仰望著她。

「優一……」

清美非比尋常的態度讓美晴急忙看向優一，這下不禁倒抽了一口冷氣。

優一橫躺在地上，一動也不動。

「優一……？」

你怎麼了？美晴問著，不祥的預感籠罩了全身。

她輕輕伸手撫摸體表，摸到的卻是比平常堅硬的觸感。

「美晴，難道——」

優一有什麼不舒服的樣子嗎？美晴回想優一直到剛才的狀況。

吃飯的時候應該跟平常一樣。不過優一平常就不怎麼活動，因此難以判斷是不是有精神——但應該沒有特別不對勁的地方。食物也是，他像平常一樣吃了菜葉。

——那怎麼會……？

「難道優一死掉了……？」

優一的身體從尾巴開始變成了石頭般的灰色。

8

「美晴，妳還在看嗎？」
聽到那既像受不了也像憐憫的聲音，美晴頭也不回地應道：
「……嗯。」
優一全身變成了灰色，就像石頭一樣僵硬不動。變成這種狀態以後，差不多快過了一星期了吧。
清美說是不是死了？美晴也這麼覺得，卻也無法排除並非如此的可能性。
她撫摸觸感堅硬的體表。輕輕敲打，發出「叩叩」的聲響。
「或許我就是不死心吧。」
「我知道。」
聽到美晴的話，清美嘆息地說。
「不過也不能永遠這樣放下去，妳懂吧？」
「嗯……」
美晴靜靜地看著優一，有些心不在焉地回話。
「再一陣子就好了，拜託……」
她想要確實的證據。如果優一真的死掉了，她想要明確的證據，讓她可以死心接受的證據。

美晴想著，微微淚溼了眼眶。

她好不容易才發現自己的過錯，做出獻出後半生的覺悟，現在卻……這樣下去，美晴實在情何以堪，優一也太可憐了。

懷著為何沒有早點察覺的後悔，痛苦一輩子，也算是一種刑罰嗎？儘管這麼想，但美晴卻也覺得這應該不是終點。

還有新的展望，她想要這樣相信。這絕對不單純只是無謂的掙扎，也不是盲目地將一縷希望寄託在其上。

這種感覺實在太縹渺了，美晴無法向別人說明。她無法提出根據，只是內心覺得應該就這樣繼續等下去。她想要再相信一下這種感覺，繼續等待。

社會上陰暗的新聞不絕於後。異形性突變症候群患病的年齡層擴大，病例愈來愈多。這種病再也無法被歸類為僅是一部分年輕人的問題，日益嚴重。政府面對這種狀況，總算積極提供對變異者的支援，因此應該也不全是壞消息。雖然讓人想要嘲諷「終於要面對問題了」，但這又是另一件事了。

時代、環境、人的意識，都在急速地轉變。美晴就是活在這樣的變化洪流當中。若說對此毫不擔心，那是騙人的。失去想要如何、希望如何的模糊理想和指針後，自己究竟該何去何從、正走在上面的道路延續到何處，都無法預測。

每個人都活在難以言喻的憂慮和不安當中。不知道明天誰會身在何處、變得如何。或許就連自己都有可能唐突地失去原形。在這種狀況中，有太多人為了避免被看出內心的焦慮而故作開朗，甚至自我欺騙自己是幸福的，逃避痛苦，不去思考。

年邁的母親、日漸衰老的自己，身邊還有個不知道是生是死、疑似兒子的物體。竟然過著這樣的生活——美晴再次客觀審視自己的境遇。

一般世人應該會說「太慘了」。毫無希望、是宛如走鋼索般的家庭形態。不安定而且扭曲，或許甚至引人同情。

但是美晴又想，她認為這種客觀，亦是一種主觀。

這完全是美晴的思考。是以「別人或許會這樣想」的主觀塑造的第三者觀點。

她試著抽離得更遠，更俯瞰地思考。結果她得到了一個單純的事實：清美、美晴和優一存在於這裡，就只是這樣罷了。

說穿了，就只是這樣而已。無關好壞、對錯，三個人存在於此刻此處，就只有這個無法顛覆的事實。

不必刻意去賦予肯定或否定的意義，那裡唯有真確的事實。

一旦發現這件事，美晴的心便不可思議地平靜下來。別人的反應和別人說的話、包括自身在內的情感和所謂的意義，這些都表現得彷彿為真，其實卻都只是幻相。它們就和不斷變遷的現象一樣，完全沒有威脅、傷害自己的絕對的力量。

怎麼樣都無所謂的。不管是自己還是別人。一切都可以靠自己的想法去決定。

「優一。」

美晴撫摸著灰色的堅硬體表，柔聲呼喚。

「媽媽已經做好接受一切的覺悟了。」

優一真的聽得見嗎？了解她的意思嗎？美晴不去深思。也不去過度思考自己的話帶來的影響和意義。因為這些都是接收到的人要想的事。

「所以接下來的事，全部由你自己決定吧。」

是要活下去，還是就這樣腐朽？因為這些選擇，不是美晴能夠決定的。

「你就照你想做的去做吧。媽也會這麼做。不管你選擇哪條路，媽都不會怪你。媽會一直照看著你。因為媽相信你。」

美晴撫摸了一、兩下，忽然停手。半張的嘴唇顫抖，呼吸亂了一拍。……隔了一拍，抿起的嘴唇兩端勾了起來。然後她回頭仰望了一下天花板，再次溫柔撫摸優一的身體。

※

自從懂事起，我的價值就已經決定了。

我是在不知不覺間發現的。發現我身上有個標價，而且價格低得難以置信。更仔細一看，價格還不斷地下跌。現在別說是零了，甚至是負的。

我經常覺得自己沒有容身之地。沒有根據，只是模糊地這麼感覺。沒有人需要我。我也想過，在任何人的世界我都是不被需要的，啊，我是在浪費氧氣。

我總是被拿來比較。被列出長處短處，責備我哪裡不好、哪裡不如人。每次我都覺得很不甘心。我並不喜歡我自己。

大家都說我沒出息，說我沒優點。做得到是理所當然，做不到是罪過。斥責劈過我的全身時，感情似乎也跟著穿過。一切都被拋下，剩下來的只有空洞的感受。

我一身承受著期待，過著每一天。如果無法符合母親的期待，就會被她冷眼蔑視，一瞬間就變成不需要的廢物。

有一個模子，是我應該要變成的模樣。但我無法好好地嵌進那個模子裡。我甚至有過強烈的憤怒，誰想變成那種樣子？

我知道自己是不必要的存在。也知道自己遭到疏遠。

只有妹妹受到疼愛。爺爺說我是空心蘿蔔，虛有其表。我又不是自己想被生下來的，卻被迫負起生存的責任，我覺得這太沒天理了。

如果偏離了必須前進的方向，就徹底失去了價值。

但我努力過了。我想要當個好孩子。不管是功課、才藝，也去上了補習班。什麼吩咐我都乖乖聽了，什麼交代我都乖乖做了。然而事到如今，才來問我所謂我自己的意志是什麼嗎？

我希望大家多看看我。多關注我一點。我總是被丟在一旁，父親永遠只稱讚哥哥，說哥哥很傑出，跟我是天壤之別。沒錯，他在親戚面前這樣說。每一次我都覺得既丟臉又淒慘，真心覺得再也不想見到任何人了。

我沒有朋友。不知道為什麼跟朋友處不來，但一定是我不好。因為我這個人有缺陷，所以不管做什麼，都無法做得跟別人一樣好。每個人都能輕易做到，自己卻做不到，這真的很難受，可是沒辦法。因為我連一般人的能力都沒有。

我不相信甜言蜜語。討好的言行教人作嘔。我看得出來。因為我不知道被背叛過多少次了。就算惺惺作態也沒有意義。都只是表面工夫。想要用那種廉價的恭維來操縱我，太可笑了。很有趣的表演，鬧劇一場。今天換播賺人熱淚的感動大戲嗎？不過這些演員也實在太蹩腳了。真的爛到家了。

我像洋娃娃一樣被打扮得漂漂亮亮，嬌生慣養，活在自以為是當中。我自以為是特別的，然而現實中，我就像是一根綁上了緞帶的棒子，為什麼不早點告訴我這個事實？

我挨罵、挨打，如果哭出來，會被整得更慘，沒有人伸出援手。

我在這裡。就在這裡。

明明不好玩卻哈哈大笑、耍寶，我不知道真正的感情在哪裡。不過這是我的角色。我必須這麼做才行。

請讓我照顧。請讓我付出。否則。如果派不上用場。我形同不存在。

沒錯，全都是我不好。都是我害的。父母關係不好，父親很少回家，母親歇斯底里，全都是因為我素行不良。當大家一起責備我時，感覺他們團結一致，只有我被除外。面對我這個共同的敵人，他們齊心協力。也就是說，我是沙包。

我這個副產品從出生的瞬間就是完全無益的，無法發揮任何功用，沉入網路與汙泥的大海，逐漸融化。

我很羨慕。羨慕朋友。他們被大家所愛，彷彿理所當然的權利去享受著這些寵愛，他們率直、傲慢而刺眼……我實在無法相信這種事。

我活得艱辛、活得痛苦，無時無刻像是浸泡在水中。即使聲嘶力竭地大喊，那些聲音也只是化成氣泡消失不見。

我重新思考自己，發現顯而易見地，我就是個無聊得可怕的人。沒有出色的長才、生活也沒有樂趣，只是漫然地過著每一天。我驚訝極了。

世上根本不需要我這種人呢。是啊，我懂。很礙事呢。那我只要消失就好了嗎？就算我不在了，也不會有人發現呢。不會意識到、不會去尋找呢。我知道。我明白。

承受惡言惡語是家常便飯了。所以我一點都不在乎。事到如今也不會受傷。完全習慣了。我很粗神經吧？很厚臉皮吧？因為如果不這樣，我早就不在這裡了。

為什麼我要為了毫不關心我的人去做什麼？理由是什麼？是為了你的面子、為了你的體面，而利用我嗎？

原來我只是個方便的工具呢。居然現在才發現。

啊，我一無所有。

每個人都否定我。

我不斷地被剝奪，現在仍是。我內在重要的事物不斷地枯竭，我拚命將它們聚攏到一處，拚命阻止它們不斷流失。

就像你說的，我是個垃圾，是個笨蛋，是個廢物。那，什麼時候要把我處理掉？要把我拿去碎掉嗎？做成絞肉嗎？拿去給家裡養的狗吃嗎？感覺會吃壞肚子呢。

我很好奇，充塞在我們周圍的正常人、那些活得充實的人，究竟都過著怎樣的每一天？他們依靠什麼、懷抱著什麼樣的希望，過著每一天？即使痛苦難過，明天就能露出笑容嗎？有時我會聽不懂他們在說什麼，就好像在跟另一個世界的人說話一樣。……也許他們跟我真的是活在不同的世界。

想到五年後、十年後、二十年後，或許我還是這個樣子，我就覺得已經夠了。總覺得累了。活下去的力氣這種東西，或許從我年幼的時候就不具備了。

過著一般生活的正常人，似乎有資格唾棄、嘲笑、惡劣地對待底層的人。這似乎是大眾的正義。

努力的話，就能得到什麼嗎？是無法得到期待結果的絕望嗎？

我覺得我消失了也無所謂。

大概再過個幾年，我就會因為過著不健康的生活而死。我覺得這應該是很適合我的下場。

什麼都不做，就倒在這裡，就會活活餓死了嗎？

反正一樣注定是落魄而死。

活到明天還有意義嗎？

寂寞、想要別人來愛，這不是很幼稚的願望嗎？這種話就算撕裂我的嘴巴，我也絕對說不出口。

聽到同年的堂哥被大公司錄取、結婚，甚至生子，我只能瘋狂地抓頭，計算拔下了多少根頭髮。

就這樣，我不斷被拋下。

如果蹲在紙箱裡，會有好心人把我撿回去就好了。我想著這種可笑的情節，一個人笑出來。

我連一步都動彈不得了。

好希望睡著以後，明天再也不會來臨。

我沒有勇氣，所以如果可能，我想要毫無痛苦地死去。我每天都在搜尋要怎麼樣才能死得最輕鬆。

我想要乾脆消滅算了。不留下半點活過的痕跡，消失不見。所有的人都忘了我，就好像打從一開始就沒有我這個人，我從來沒有出生過。

聽說如果跳軌自殺，家人會被索求賠償金。富士山下的自殺勝地樹海又太遠了。而且萬一自殺失敗，變成需要家人照護的殘廢，世上再也沒有比這更慘的事了。請告訴我不會給任何人添麻煩地死去的方法。求求你。

我才不想死。可是我已經活累了。

毫無希望。有的只有連綿不斷的孤獨的明天。

我想像我的葬禮，想像家人哭泣的景象，覺得那又怎樣。啊，他們是白髮人送黑髮人的可憐父母，場面應該會頗為哀戚吧。不關我的事。

每個人都相信的明天，我卻等不到。

最重要的是，世上有多不勝數的有愛心的人，會為我的遭遇、我的生活方式感到可憐、同情，這個事實令我震驚，徹底絕望。「好可憐」？「令人同情」？這不是很普通的事嗎？不是每個人都這樣嗎？

由欺瞞構成的世界。一切都腐敗了。但真正腐敗的應該是我吧。

眷顧我的只有孤獨。

你的善意，把我傷得千瘡百孔。我絕對不會原諒你。絕對不。我這輩子不會忘了你，將這份恨意帶進自己的墳墓中。

我想成為出色的人，但我從一開始就知道這是奢望。

既然什麼成就都不可能達到，乾脆變成毫無煩惱的生物算了。

貓很自由，令人羨慕，哪裡都可以去。

那麼鳥也是，想要飛去哪裡都可以。

魚的話，可以在水中優雅地呼吸，而不是溺斃。

狗勇敢強悍，似乎可以適應任何環境。

小動物惹人憐愛，一定可以贏得周圍的寵愛。

植物沒有腦，感覺可以擺脫煩惱。
我什麼都不想當。只想乾脆融化算了。
想變成物體。我已經不想當生物了。
機器人也不錯呢。機器身體的話，應該不會感覺到任何痛苦。
我想要變成蟲。外表引人厭惡的渺小的蟲。這樣一來，就可以沒有任何感情地被人打死。不必再多活幾十年。

啊，那，我的願望實現了嗎？
醉生夢死。幻夢與現實的狹縫間。
對答案的時間到了。
我如同想像，獲得自由了嗎？被人所愛了嗎？不再煩惱了嗎？

——太過分了，這跟說好的不一樣。沒有翅膀，我要怎麼在天上飛？這太不完整、太不自然，太畸形了。
——我以為我已經處在最深的絕望當中了，但沒想到沒有最絕望，只有更絕望。我被背叛了。
——果然。嗯，沒辦法吧。

可是沒關係。我得到我想要的結局了。

我得到答案了。我果然是不被需要的。

這不是很棒嗎？有了藉口，也不會被判刑。

一定覺得痛快極了吧。

老實說，我也放心了。

我覺得爛透了，其實。可是結果證明了我的想法是對的。那個人就是這種人。

那樣的結果，我也可以接受的。……我早就知道了。也知道只要有人推一把，他們早就想殺了我。

可是因為這樣而進監獄，不是太可憐了嗎？讓他們因為殺了我這種人而冠上前科，那就太慘了。殺了我再自殺，更是絕對不可能。我沒恨到那種地步。我恨不下去。因為她是我媽啊。好歹也是生下我，把我養到今天的人。

這樣想想，果然還是正好。是最棒的解決。因為我也可以退場了。

沒關係啦，被忘掉也無所謂。忘了有過我這種兒子也好。我不希望她被過去束縛，只想她活在沒有我的未來。我想要她幸福。這不是輸不起，是我的真心。

可是，等她要離開人世的時候，我希望她想起來。平常把我忘了也無所謂，唯獨在她回顧自己的人生時，我希望她想起我一下。想起我這個汙點、這段忌諱的回憶。在她嚥氣的前一刻，想起：

——啊，我親手殺了我兒子。

然後……

希望她懷著無比的痛苦死去。

終章

1

不知何時開始，他身處的世界，一切都變成了灰色的。

行屍走肉一般，以不知是生是死的曖昧感覺過著每一天。對他來說，他的生活就是自己擁有的三坪大房間，以及幾個房間，其餘的現實，就只有網路而已。

他是失敗者。是賤民。他過著怠惰、頹廢的生活，就連在網路這樣的匿名世界，也被看不到的對象攻擊。這就是他。

高中輟學，變成繭居族以後，時光飛逝，五年過去了。睡到中午，打開電腦，草草用餐，開始玩線上遊戲、上網亂逛，一邊吃零食，一邊流連網路論壇，興致好就去洗個澡，在網路看免錢的漫畫，繼續打電動，等到天亮了再鑽進床鋪裡，每天過著這種生活。

沒有任何生產性，只是懵懵懂懂地消費再消費。在論壇上批評動畫和遊戲，與人互戰，自以為駁倒對方，洋洋得意，彷彿達成了什麼偉業。就這樣日復一日消磨時間。

——因為，有什麼辦法？

房間外傳來父親的怒吼聲，他急忙戴上耳機，把音樂音量調得老大。

——又不是我自己喜歡關在家裡的。

一聽到父母的聲音，胃就開始作痛。父親一看到他，就一臉厭煩地說教，母親也裝出擔心他的樣子，只會挖苦埋怨。

——除了這裡以外，我沒有任何地方可以待。

國中、高中，他度過連回想都痛苦萬分的學生生活。直到最後還是沒有交到朋友，只是不斷地遭到欺凌。痛苦的每一天。令人欲嘔的每一天。

總算逃離了。決定輟學的時候，他深深地鬆了一口氣。但是他在家裡也沒有容身之處。他能夠安心的地方，就只有這間三坪大的房間，以及床鋪裡。除此之外，沒有任何一個地方能接納他。

儘管他每天抱著電腦不放，但即使在網路中，他也找不到歸宿。因為沒有像樣的朋友，他對與人交流總是裹足不前。在線上遊戲和別人邊聊天邊玩這種技巧，他根本無法想像。論壇全是文字，因此可以不必想像網路另一頭的對象，單方面地傾吐。不過他也不認為那裡是他的歸宿。

他活在隔絕的世界裡。別人在社群網站公開的閃亮青春片段般的日常、稀鬆平常的煩惱、平凡無奇的喜怒哀樂感想，這些他都瞥一眼就滑過去了。沒有任何一樣能打動他的心，沒有任何一樣讓他有真實感。

缺乏共鳴。無力、感情麻木。即使是在隨意遊玩的遊戲中，他也一直是一臉嚴肅，臉部肌肉一動也不動。他整個人空洞無比，甚至必須回想笑的時候要怎麼活動臉部才有辦法笑。

上網，點開附上聳動標題的文章。也許是因為自己就是其中一份子，他很容易被繭居族的相關內容所吸引。

打開來一樣，有個傢伙簡直就是在說他，不出所料，引來群起撻伐。

——我是廢物，但這傢伙也是廢物吶。

他這麼想著，卻也總覺得放心。……不是只有我而已。這並不稀奇。世界這麼大，只要去找，一定有人比我還垃圾。這麼一想，自己並不算什麼大問題。我還不算太嚴重的。

我又不是自己喜歡當廢物的。

他內心同意著這話，托著腮幫子，活動右食指。

都是父母不好、社會不好。要不然我現在早就變成更正常的人了。

移動滑鼠，把畫面往下拉。

孩子是父母自己要生的，扶養孩子是天經地義的事。我一點都不認為對父母有什麼虧欠。

畫面裡的廢物繼續捍衛自己，終於引來大量的反駁文字。

要怪父母到什麼時候？垃圾。

你就是自己愛當廢物的吧？

動不動就怪別人，所以才那麼渣。

繭居族尼特族全都這麼幼稚，所以賤民才這麼賤。

等你爸媽死了，看你怎麼辦。

軟爛人一個。

社會垃圾，快點去死啦！

別再撒嬌了！

這將來死在房間還是死在路邊，都不會有人發現啦，可憐。我同情。

明明不是在說他，看著看著，卻覺得心臟整個揪了起來，按住了胸口。

廢物的主張固然一成不變，但那些反駁也一樣老套，說來說去總是那幾句。難道每個人就只能異口同聲地說些類似的話嗎？或者這就是一般人的共識？

「……不要說了。」

他忍不住聲音沙啞地自言自語。

學校明明教過不可以霸凌弱者，這些匿名的人卻最喜歡群起圍攻，言詞惡毒地貶低別人。不，即使不是匿名，對於那些被認定是廢物或被判定是壞人的人，就是可以毫不留情地攻擊到體無完膚，蔚為風潮，所以他們會以說教為名目，汙言穢語地批判。

聲音大的就是正義。陽光開朗、招搖醒目就是正義。陰沉或不跟著起鬨的就成了壞人。還有讓那些被視為正義的人不開心的人也是。這些陽光正義的人就算言語霸凌、排擠、忽視其他人，也全面受到容認。他覺得這個社會如此沒道理，如果不是社會的錯，還能是誰的錯？

不知不覺間，出現了「陽光咖」、「陰沉咖」這樣的流行語。光看字面就讓人心頭火起。自我中心，不知道體諒客氣，滿不在乎地霸凌別人的人，哪裡「陽光」了？只是內向不活潑，為什麼就非得被貼上「陰沉」的標籤不可？

怨言從他內心滾滾而出。他不知道第幾次對人生絕望，連關燈的力氣都沒了，直接倒在床上。

完全不知道別人的感受，如此輕易地用語言毆打他人。而且太多人都沒有攻擊了人的自覺，甚至還有人認為自己才是被害者。

其中的翹楚就是他母親。

他的母親為他現在的模樣嘆息、悲觀，動不動就怨天尤人。一下說不應該是這樣的、一下自責是自己太寵溺了、教育失敗。

我一點錯都沒有，然而孩子卻不肯正常長大，我實在太可憐了——這樣的自戀藏都藏不住了，母親卻堅持是在為他擔心，執意要依她的心意去操控他。

他認為自己還不算重度繭居族。因為他會離開房間，吃飯的時候至少還會坐在餐桌旁邊吃。

他盡量不去想父母的事。不跟他們對望，也不看他們的臉。不跟他們交談。……因為會很痛苦。父親和母親一開口就只有否定和抱怨，只會說些讓他胃痛的事。

這樣下去，怎麼還有臉出去見人？——只知道要面子。

我好擔心，好不安。——擔心生出這種兒子的自己嗎？

求求你，回歸社會吧。——為了「媽」嗎？

「令人作嘔。」

只要他是繭居族一天，母親永遠都無法安心吧。他心知肚明，卻絲毫不想改變，這算是一種報復嗎？

如果問他是不是恨母親，他只能回答「應該」。不管是像這樣兜著圈子將他的心和自尊踐踏成碎片、過度干涉、過度限制，或不把他當成獨立的人，只想隨心所欲地操縱他……

一想起來，真是沒完沒了。長年來的恨意凝結在一起，壓縮到不能再壓縮。雖然他也恨父親，但恨的種類和濃度都不同。就彷彿與相處的時間長度和密度呈正比，累積的恨意分量有差距。

但如果說他對父母絲毫不感恩，也並不全然如此，其實他一點都不想讓父母傷心的。儘管他這麼恨母親，但是看到母親哭泣，卻是他最難以承受的。

即使如此，他還是沒辦法為了母親決心脫離這種狀況。愛恨也是一個理由，但無法適應社會，則是另一大理由。

他在國中過得並不好，高中也無法適應。他不認為自己能好好地和別人相處。事實上，他連在超商結帳都有困難。連與店員簡短地交談，都必須立下覺悟才能去行動。他覺得自己這副德行，根本不可能出社會工作。

他是所謂社交障礙的極致。與人交談的時候，他不知道要看哪裡，不知道要露出什麼表情，不知道要表現出什麼程度的積極活潑、用什麼樣的個性去面對。「一般人」可能完全不會意識到的理所當然的行為，卻會讓他挫折。對他來說，社會生活的門檻就是這麼高。

儘管在精神上絕不能說是舒適愜意，但他仍然一直窩在家裡，果然還是因為輕鬆吧。家事有母親做，三餐有母親準備，也不用花錢。因為有這些好處，所以他也就拋開壞處，繼續過日子。

沒有社會性也沒有生活力的他，模糊地認為一旦離家，他就只有死路一條。

他不想死，但又活得好苦。

如果有可以毫無痛苦地消失的方法，他有自信會毫不猶豫地選擇那條路。

他怕死，但如果有人可以在一瞬間殺掉他，他覺得死了也無所謂。

……不管是活，甚至連死都交給別人，自己什麼事都無法決定。

他露出自嘲的笑，嘴角微微扭曲。

他仰望著天花板，忽然伸出手去。熄燈後的陰暗房間裡，微光照出他那隻不健康的蒼白臂膀。

今天母親又在為他的狀況嘆息。他逃之夭夭地離開，聲音卻窮追不捨地送來他不想聽的話。

——可是媽比我好多了。因為還有人聽妳抱怨，有人安慰妳、支持妳。可是我就算找遍全世界，也沒有這樣的對象。

即使他鼓起一切的勇氣、擠出全部的活力，自力更生、即使父母為此開心……那又怎麼樣呢？

即使勉強努力，讓父母為此開心，如果他筋疲力盡，無法再做任何事，又會招來責備了。不管他有多苦多難受，跟母親也毫無關係。只要表面上好看，骨子裡怎麼樣她都無所謂吧。

如果母親只想要表面上的結果、只要求他扮演好角色，不肯關注他本身的話。如果他無法做真實的自己，只要能滿足母親的理想，那個兒子根本不必是他的話。

為什麼他會被生下來？

「當初不要生我就好了。」

光是存在，就不斷地給人添麻煩，無法讓任何人開心。這種人渣根本沒有活著的價值。——他懷著這樣的念頭，今天又落入夢鄉。

2

起初感覺到的是刺眼。抬起沉重的眼皮，模糊的視野中，光影逐漸凝結成像。他慢慢地坐起來，眨了眨眼，眼前的景色變得鮮明了一些。

他坐在原地，片刻之間茫茫然地看著房間。因為刺眼，他瞇著眼睛東張西望。這裡……對了，是外婆家。

他不經意地低頭看自己的身體，嚇得瞪大了眼睛。他坐在奇妙的睡袋裡。灰色的睡袋表面光滑，細看內側，還有像絨毛的東西。這是什麼？他困惑了一下，很快地想到是蟲子蛻變後的殼。

由此聯想，他很快地想了起來。變成異形後的春季、夏季，直到現在的所有過程。變成異形以後，意識依然和人類的時候差不多。然而，不管想要說什麼都無法傳達，內心焦急萬分。身心的巨大落差、如影隨形的淒慘感受，所有的一切——他都想起來了。

他呆呆地盯著手掌，一開一合，體會著真實感，這時傳來客廳門打開的聲音，他反射性地回望聲音的方向。

站在門口的是他的母親。母親看到他的瞬間，驚訝得全身僵硬，表情就像見鬼了。

他看過這種表情。對，母親第一次看到變成異形的他的時候，也是這種表情。但今天，那張臉並沒有因為恐懼和本能的嫌惡而扭曲。

「優一……？」

母親提心吊膽地問。她慢慢地走近，在他面前跪坐下來。

「是……優一嗎？你真的……回來了？」

母親的瞳眸晃動著。變成異形以後，正視母親的機會增加了，皺紋爬上了那張臉，比記憶中印象最深刻的臉更要蒼老了許多、經歷了許多苦，眼前，是這樣的臉。

「……媽。」

優一聲音沙啞，吃力地說道。就好像被這句話所觸發，母親緊緊地抱住了他。

「優一！」

顫抖的聲音、擁抱的溫度。自從懂事以來，屈指可數的肢體接觸如此陌生。困惑、糾葛，種種情感浮現於胸。

現在的他明白，自從他變成異形以後，母親犧牲奉獻地照顧他、對他付出了許多關懷。即使如此，還是有某種情感阻止了他，讓他無法自然地回抱母親的背。

即使感覺到母親正喜極而泣，他依然動彈不得。半吊子地舉到一半的手也浮在半空中。

歷經一番犧牲奉獻，兒子恢復了原狀，歡喜落幕。大團圓。雖然有過許多的痛苦辛酸，但如今回想，就連那些過程也都是美好的回憶。皆大歡喜。

——這樣就好了嗎？

一切都已經過去，不需要再追究了嗎？

——對母親來說，或許都可以當成是已經過去、結束的事，不需要舊事重提。或許對她來說，這些都早已風化，可以笑著說雖然發生過許多事，但只要現在好就好了。但是對他——對優一來說——

——硬是把哭著不願意的他塞進不想上的才藝班；罵他不聽話，丟掉他喜歡的玩具；說他房間太亂，任意丟掉他的收藏品；把他心愛的狗遺棄在山上；把他美勞課做的母親節禮物扔回來說不要這種東西；正在和朋友玩，卻大罵該念書了，害他跟朋友的關係從此惡化；遇到失敗正覺得沮喪，卻在傷口上灑鹽似地責罵他；國中的時候說出遇到霸凌的事求救，卻不被當成一回事。自己的缺點和挫折被拿來當成說笑的話柄，逢人就說「我們家優一真的不行」；因為母親的意思，臨時逼迫他更改第一志願。高中的時候他痛苦到想要自殺，因為實在受不了了，向父母求助，卻全被用一句「不要撒嬌」頂回來；擺出一副理解繭居族的樣子，讓他安心，卻又問：「你要逃避到什麼時候？」

用各種語言刺傷他、刨挖他、痛打他、推開他。讓他興起一絲期待，最後又惡狠狠地把他推下深淵。用前後矛盾的言詞、雙重標準把他耍得團團轉。

不管過去發生過多少事，只要結束，這一切都會被當做沒有過嗎？可以用一句「有嗎？」帶過嗎？

瞬間萌生的激情、無法遏止地膨脹的怒意、不斷克制不讓情緒化成暴力宣洩的努力，這一切都會被用一句「雖然發生過很多事，但結果圓滿」，草草帶過嗎？會被單方面一筆勾消嗎？

手和身體抖個不停。

他一直遵從社會常識，認為不應該貶損、憎恨養育自己的父母。他也一直告訴自己，是他不好、是他不對，才會演變成這樣，並不是父母的錯。

即使遭到不合理的對待，他們也不是差勁的父母。因為父母並沒有對他施加肢體暴力，他並沒有被虐待。不能因為這樣就仇視父母，怨恨父母本身就是幼稚的撒嬌行為——他試圖這樣去想。

但是揭開蓋子後，實際上是怎麼樣？

優一終於再也無法否認地醒悟到，他是其實是那樣憎恨、厭惡母親，恨到想殺死她的地步。

「優一……？」

美晴訝異地出聲，優一慢慢地推開她，重新端詳那張臉。

你怎麼了？他沒有聽完這句話，雙手掐住了美晴的脖子。

「啊——！」

美晴驚訝地瞪大了眼睛掙扎。她一定完全沒想到，竟然會在應該是感動大結局的場面被掐住脖子。

腦袋充血，將過去一直壓抑的情緒全部注入手指。眼前染成一片鮮紅，其他什麼都看不見了。優一露出厲鬼般的憤怒表情掐著美晴的脖子，然後——

感覺過了幾分鐘，也像是幾秒鐘，優一突然鬆手，放下了手臂。

他靜靜地看著激烈地吸氣、嗆咳的美晴。

儘管幾乎是衝動式地下手，結果還是像這樣踩了煞車。

——這樣啊，我下不了手啊。

分不出是失望還是安心的感受，讓他無所適從。

優一默默地等待美晴開口。她會責怪他是殺人凶手嗎？會唾罵他嗎？會害怕他的凶行嗎？優一覺得都無所謂了。

美晴調整呼吸，挺直蜷起的身體，抬起頭來。她臉色蒼白，紫色的嘴唇顫抖，細微地呢喃了一聲：「對不起。」

「……妳為什麼不生氣？」

優一問，美晴搖搖頭答道：

「你恨我也是沒辦法的事。媽不是說過了嗎？不管任何事，我都會接受。」

「意思是如果能讓我氣消，就算被我殺了也無所謂？」

「怎麼可能無所謂？」

當下反駁的聲音總有些怨懟。

「要是我死了，我一定會出來作祟。每天晚上都要讓你作噩夢。」

「感覺好討厭……」

「就是說吧？啊，幸好沒死掉。」

美晴說，鬆了一口氣似地笑了。

看到那笑容，一股激情湧上優一的胸口。

——他並不是從一開始就想恨母親的。天性的孺慕之情，反而是讓孩子難以去憎恨父母的。每一次都是那些碩果僅存的溫柔回憶隨著良心的苛責浮現腦海，不允許他對父母有負面的觀感。儘管他發現這是某種掩飾、是自我欺騙，卻一直以罪惡感帶來的大道理壓抑著自己的真心。但依然無法完全壓抑的情緒還是化成了無意識的反感和抵抗，盤踞在心中。

然後如今，他總算面對自己真誠純粹的情感，接納它、向對方宣洩。將累積在瓶中的泥濘全部倒出來後，應該空掉的瓶底，留下的是一片對母親真實的感謝。

那天，美晴找到了被動夫丟到山裡的優一。

優一認為不可能會有人來救他。他醒悟到自己只能被陌生的鳥叫蟲鳴圍繞著，掩埋在枯葉中腐朽。

無人發現，悄悄地嚥氣。即使一直待在那個房間裡，下場也是一樣的吧。

完全封死的包包拉鍊。人工的黑暗裡。他甚至不知道身在何處，一個人蜷曲著身體，漠然地回顧著自己這輩子。就連這種時候，他也奇妙地不想要再多活久一點。

朦朧地籠罩著優一腦袋的虛無，剝奪了他一切的意志力與活力，讓他只是躺在那裡。

化成異形以後，他不可能再有任何希望。他覺得自己會像紗彩那樣，變異後仍繼續逞強，連想說的話都無法說出口，就這樣死去。她也是個可憐的異形。

就這樣了吧。等待著他們的，早晚都是死。而且是甚至稱不上悲劇的、眾所期盼的死。既然如此，這樣就好了。一切都要在這裡結束了。他真心如此相信。

他就這樣躺著，不知道過了多久。

他聽見有東西踩過草地靠近。那是什麼聲音？優一全身緊繃，腳步聲慢慢地走了過來。包包搖晃，拉鍊打了開來。微光射入裡面。

探頭看過來的母親的臉。呼喚他的聲音。染成靛紫色的天空。星星的光輝。

看到這些，優一總算模糊地感覺到「我還不想死」。

有人趕到以為徹底被放棄的自己身邊。有人撿起放棄生命、拋棄希望，想要隔絕一切的自己，並且鼓勵他。有人需要他。

他覺得自己被允許活下去。就在這一瞬間，一部分的心頓時變得輕盈。就好像覆蓋胸口的岩石般的硬殼片片剝落一樣，硬化的情緒溫熱起來，稍稍融化了一些。就在這一刻，他感覺圍繞著他的什麼「改變了」。

每當在腦中回想起這段體驗，某種情感便點亮了他的心胸。這段寶貴的記憶擁有不可思議的力量，彷彿給了優一勇氣、支持著他。

無庸置疑地，優一在那天被拯救了。

「……那個……」

優一低著頭，以極細微的聲音說。

「謝謝妳來接我。」

那個時候他沒辦法說。什麼都無法說。

但是現在他有聲音。有可以傳達的語言能力。

所以他要說。即使覺得丟臉、尷尬、難堪。

現在的優一有方法可以傳達自己的心聲。

「謝謝妳照顧我、等我……相信我。」

因為這樣，讓他總算能夠不再自視垃圾、廢物，而是肯定自己是受到需要的、有價值的事物。

「……我好高興。」

優一說，戰戰兢兢地抬眼一看，美晴的鼻子整個紅了。她淚溼了臉頰，再次向優一伸出手。

「謝謝你回來。」

「嗯。」

「你回來了。」

「……我回來了。」

優一這次緊緊地抱住美晴的背說。

——往後一定依然有數不盡的煩惱，也有許多困難在等待他們。由於過去一直住在狹窄封閉的世界裡，要踏入廣大世界的驚濤駭浪，或許將是無比地嚴苛艱難。即使如此……

優一立起單膝，慢慢地站了起來。因為他已經習慣了異形的眼睛高度，很不習慣站立時的視線高度。

但這才是優一原本的視野。

打開窗簾，沐浴陽光。優一遠眺著涼爽的秋空，享受著前所未有的爽朗心情。

從異形變回人類就是幸福結局？現實並沒有這麼單純。

這不是終點，而是一個新的起點。

處在全白的狀態，又要再次經歷許多的失敗、給許多人添了麻煩，然後成長。

但是優一並不害怕。因為他有支持他的人。

他不是孤單一人。過去不是，往後也不是。

發現到這個事實後，從這一瞬間開始，他又能踏實地往前走去。

3

異形性突變症候群究竟是什麼？

這種不光是侵襲年輕人，甚至蔓延到許多年齡層的怪病，卻在某個時期突然出現康復者。一旦化為異形，這種症狀再也不可逆，甚至被視為死亡，是不治之症。顛覆這種觀點的奇跡性康復病例出現後，就彷彿響應先驅者似地，各地陸續出現一個又一個康復者。

田無優一原本在法律上已經是死人，但因為從異形性突變症候群完全康復，又可以恢復戶籍了。一開始是特例，但此後各地都有康復者重新恢復戶籍，特例變成了常態。不久後的將來，應該會重新審訂法律。

田無美晴帶著兒子再次回家了。待在娘家的期間，田無勳夫一次都沒有聯絡，但這也難怪。

美晴正為了堆滿雜物和垃圾的屋內景象大呼吃不消，這時優一絆到了東西。美晴打趣說是他還不習慣用兩條腿走路，望向腳下。

以為踢到垃圾袋，結果不是。那個約有靠墊大小的圓形物體仔細一看竟長了腳，那些腳正蠕動著。更仔細一看，形狀很像瓢蟲。

那生物以緩慢的動作微弱地前進了幾公分，整個停住。布滿渾圓背部的橫線同時打開，炯炯地看著美晴。那些全是人的眼睛。

「好噁心！」

美晴說不出話來，一旁的優一則是毫不修飾地大刺刺怪叫。

若說已經不會吃驚，那是騙人的，但美晴很快就理解狀況了。

「是……孩子的爸嗎？」

美晴的呢喃很複雜，聽不出是驚愕還是嘆息，結果瓢蟲的幾隻眼睛眨了眨，其他幾隻則是東張西望。

到底是從什麼時候開始變成異形的？應該為了他還有呼吸而開心嗎？

美晴杵在原地，優一說：

「怎麼辦？載去山上丟掉嗎？」

那聲音實在太冰冷了，美晴皺眉瞪兒子。

「這是因果報應吧？爸把我丟在山上，那就算現在被我丟到山上，也怨不得人吧？」

優一蹲下來看著蟲說，蟲害怕地在地板爬動了一小段距離。

雖然很難看出這是不是真的是動夫，但從反應來看，應該沒錯。美晴嘆了一口氣說：

「就算是開玩笑，這玩笑也太惡劣了。」

「誰叫我個性扭曲。……不過有一半是認真的。就看在媽的面子上，當做開玩笑好了。」

豁出去以後的兒子個性變得難搞，美晴對此也嘆了一口氣，想了一下說：

「總之得先把家裡打掃乾淨。啊，可是也得買東西。優一，可以麻煩你嗎？」

「我負責哪件事？」

「買東西。我把要買的東西寫下來。」

「好，沒問題。」

美晴已經決定要單純地去做目前做得到的事，所以今天也先處理眼前的問題。

至於變異的動夫要如何處置，等到打掃完屋子、吃過晚飯以後再考慮也不遲。

世人似乎將脫離異形性突變症候群的人稱為「生還者」。恢復人權的這些人裡面，也有些人在各地舉辦演講會等，進行公開活動。

好像偶爾也會有人邀請優一當講師。他都拒絕說自己沒辦法對聽眾演講，美晴曾建議說：「就別想做得好不好，試試看怎麼樣？」優一好像還在猶豫，但似乎有意願去嘗試一些事。接下來就看優一自己怎麼決定，美晴不再多加干預。

勳夫依然維持著異形的外貌，但美晴不焦急也不期待。與照顧變成異形的優一那時候相比，態度或許草率了些，但仍把他當成家中一份子看待。至於勳夫能不能像優一那樣變成生還者，沒有人知道。

——前些日子，美晴漫不經心地上著網，忽然心血來潮，查了一下異形性突變症候群。搜尋結果比以前多了許多類似經驗分享的部落格和統整網站，感覺資訊有些氾濫。

在這當中，美晴發現了有些奇妙的文章。

若要分類，或許算是神祕主義或超自然類，文章從「異形性突變症候群可能是神明旨意」的觀點出發。

美晴以前看過一篇部落格文章，諷刺這種病應該是上天的安排。但這篇文章的內容是說，異形性突變症候群是萬能的上帝對人心的考驗。

認為是常識而深信不疑的事物輕易被顛覆、認為不可能發生的事實際發生，人生就像未知數。儘管美晴沒有天真地全盤接受這種說法，心存質疑，但對於如此深信不疑的人來說，這肯定才是真理。

人化成異形、異形化成人，都實際發生這種事了，往後不管發生任何事都不奇怪。美晴早已放棄去擔憂未來。

即使往後又發生了什麼難以置信的事，那也將成為日常的一部分。日常與非日常只有一線之隔。世上沒有什麼好害怕的。

比起這些憂慮，美晴目前的問題是「今天晚飯吃什麼」。就只有這個而已。

在分秒流逝的日子裡，許多的生還者一個個發聲，各種問題逐漸明朗、為世人所知悉。然而另一方面，衛生所的處理場，現在仍有著堆積如山的異形屍骸。

部分狀況逐漸改善，部分狀況依舊淒慘。現實被區分成了光和影。要把焦點放在哪一邊、有何期望？

人們的選擇，可以讓現實變成任何一種樣貌。要選擇什麼、抓住什麼？這些決定，有待新的故事一個個誕生之後而定奪，各別踏上不同的道路。

國家圖書館出版品預行編目(CIP)資料

我適合當人嗎?/黑澤泉水著;王華懋譯. -- 初版. -- 臺北市:麥田出版:英屬蓋曼群島商家庭傳媒股份有限公司城邦分公司發行, 2021.03
面; 公分. --(日本暢銷小說;97)
譯自:人間に向いてない
ISBN 978-986-344-863-1(平裝)

861.57 109020189

城邦讀書花園
www.cite.com.tw

ISBN 978-986-344-863-1
Printed in Taiwan.

日本暢銷小說 97

我適合當人嗎?

作者|黑澤泉水
譯者|王華懋
封面設計|許晉維
責任編輯|徐 凡

國際版權|吳玲緯
行銷|何維民 吳宇軒 陳欣岑
業務|李再星 陳紫晴 陳美燕 葉晉源
副總編輯|巫維珍
編輯總監|劉麗真
總經理|陳逸瑛
發行人|凃玉雲
出版|麥田出版
10483台北市民生東路二段141號5樓
電話:(02) 2500-7696
傳真:(02) 2500-1967
部落格:http://ryefield.pixnet.net
發行|英屬蓋曼群島商家庭傳媒股份有限公司城邦分公司
地址:10483台北市民生東路二段141號11樓
網址:http://www.cite.com.tw
客服專線:(02) 2500-7718|2500-7719
24小時傳真專線:(02) 2500-1990|2500-1991
服務時間:週一至週五09:30-12:00|13:30-17:00
劃撥帳號:19863813 戶名:書虫股份有限公司
讀者服務信箱:service@readingclub.com.tw
香港發行所|城邦(香港)出版集團有限公司
地址:香港灣仔駱克道193號東超商業中心1樓
電話:+852-2508-6231
傳真:+852-2578-9337
馬新發行所|城邦(馬新)出版集團
【Cite (M) Sdn. Bhd.】
地址:41-3, Jalan Radin Anum, Bandar Baru Sri Petaling, 57000 Kuala Lumpur, Malaysia.
電話:+603-9056-3833
傳真:+603-9057-6622
讀者服務信箱:services@cite.my

印刷|前進彩藝有限公司
初版|2020年3月
初版3刷|2021年6月
定價|350元